读客悬疑文库

认准读客读悬疑，本本都是大师级。

鼠男

ラットマン

[日] 道尾秀介 著

吕灵芝 译

北京日报出版社

图书在版编目（CIP）数据

鼠男 / （日）道尾秀介著；吕灵芝译 . -- 北京：
北京日报出版社, 2023.11
ISBN 978-7-5477-4664-6

Ⅰ. ①鼠… Ⅱ. ①道… ②吕… Ⅲ. ①长篇小说 – 日本 – 现代 Ⅳ. ① I313.45

中国国家版本馆 CIP 数据核字（2023）第 151949 号

RATMAN
© Shusuke Michio 2010
All rights reserved.
Original Japanese edition published by Kobunsha Co., Ltd.
Publishing rights for Simplified Chinese character arranged with Kobunsha Co., Ltd.
through KODANSHA BEIJING CULTURE LTD. Beijing, China.
Simplified Chinese translation copyright © 2023 Dook Media Group Limited
All rights reserved.

中文版权 © 2023 读客文化股份有限公司
经授权，读客文化股份有限公司拥有本书的中文（简体）版权
图字：01-2023-5260号

鼠男

作　　者：	［日］道尾秀介
译　　者：	吕灵芝
责任编辑：	王　莹
特约编辑：	齐海霞
封面设计：	李子琪
出版发行：	北京日报出版社
地　　址：	北京市东城区东单三条8-16号东方广场东配楼四层
邮　　编：	100005
电　　话：	发行部：（010）65255876
	总编室：（010）65252135
印　　刷：	三河市龙大印装有限公司
经　　销：	各地新华书店
版　　次：	2023年11月第1版
	2023年11月第1次印刷
开　　本：	889毫米×1270毫米　1/32
印　　张：	8.5
字　　数：	182千字
定　　价：	45.00元

版权所有，侵权必究，未经许可，不得转载
凡印刷、装订错误，可联系调换，联系电话：010-87681002

目　录

序　曲	001
第一章	011
第二章	079
第三章	121
第四章	181
第五章	217
终　章	239
尾　声	257

序曲

"说真的,我今天真不想坐这个电梯。虽然这样很没出息。"
"社长,我理解。但您总不能从五十楼走楼梯到一楼吧。"
"哎,来了。好了,社长快请,还有专务……"

50

"……十五年了,真快啊。我也老啦……"

49

"……哪里哪里,社长您还年轻着呢。你说对吧,野际?……"

48

"……我们还指望社长您再接再厉呢……"

47

"……要是那小子还活着,今天也三十五岁了啊……"

46

"……若是还在世,他一定已经完美地接手了社长的工作吧……"

45

"……那时我和专务都特别痛心……"

44

"……不过这个电梯啊,我还是有点不太信任……"

43

"……咱们的产品出事,那是第一次也是最后一次……"

42

"……没想到偏偏是我们公司的电梯,会出那种……"

41

"……为什么那时安全装置就没有启动呢?……"

40

"……好像是明显的人为失误,可是现在说这个……"

39

"……结果到最后,都没追究出事故责任人……"

38

"……这也怪我一心只想着控制骚动,怕万一闹大了……"

37

"……自家造的电梯在自家大楼里出事……"

36

"……那时公司正忙着扩大业务……"

35

"……他一定很害怕吧?从最顶层到最底下……"

34

"……他好像是在五十楼进的电梯,没多久就出事了……"

33

"……明明是来参观自己将来工作的地方……"

32

"……我现在还会梦到那小子。每次一做这种梦,就惊得坐起来……"

31

"……我虽然没有孩子,但也能理解您……"

30

"我在这里下了。"

"啊,社长还有工作吗?"

"就是整理一些文书。"

"那不好意思,我们先下班了。"

"工作到这么晚,辛苦你们了。哦,对了。"

"您说。"

"关于这个电梯,你们最近听说什么奇怪的传闻没?"

"传闻?我什么都没听说……野际,你呢?"

"没有,我也没听说。那个,您说的传闻是什么?"

"据说这个电梯里……有那个。"

"那个是指……就是,那个吗?"

"没错。就是站在电梯里,旁边不知不觉会多出一个年轻男子。"

"年轻男子……"

"而且那个人长得很像他,正好也是二十岁左右……而且那小子当时还留着长发,不是吗?"

"是,我记得都到肩膀了……"

"听说有人看见长成那样的年轻男子出现在电梯里。"

"哦……不过，这对故去的人和社长都很失礼吧。"

"专务说得对，咱们得赶紧找到传闻的源头在哪里。"

"啊哈哈……没什么不好啊。这也证明公司里还有人记得那小子啊！"

"嗯，您这么说倒也没错……"

"不过，如果真的会出现……我倒是很想见见呢。"

"我也是啊，毕竟已经十五年没见了。你说是吧，野际？"

"就是啊，肯定想见见。"

"要是真见到他了，我得低头道歉才行。"

"为什么？那不是一场事故吗？虽然我并不想这么说，但机械设备难免会发生事故，这是不可抗力呀。"

"能这么说吗……可我总觉得是我，还有我开的这个公司害死了那小子。"

"您别这么说呀，社长。"

"就是，为了您去世的儿子，您得把这个公司做大做强才行呢！"

"做大做强吗……"

"将来要让日本每一座大楼都安装咱们的电梯。"

"那个未来并不遥远，光是这个月咱们就有三个大订单。"

"但我已经不年轻了啊，接下来恐怕要看你们了。"

"社长您放心，请尽管交给我们。"

"我们一定会实现社长的梦想。"

"谢谢，全靠你们了……就这样吧，辛苦了。"

"您辛苦了。"

"您辛苦了。"

"要是在电梯里见到那小子，就帮我祭拜祭拜吧。"

"社长您别这样，这大半夜的……"

"害怕了吗？"

"不是，也不能说害怕……对啊，要是见到了，我们也得向他低头道歉。"

"你刚才不是说没必要吗？"

"啊？不是……嗯，您说得对。"

"哈哈哈，别一惊一乍的。世界上没有鬼，人死了就没了。走吧，我去忙了。"

"您辛苦了。"

"您辛苦了。"

30

"社长也真是的……到底想干什么啊，吓死人了。这三更半夜的，何必阴沉着脸说那种事呢。唉，不过他的脸本来就长那样。"

29

"他跟咱们俩站在电梯前面说这种话，虽然只是巧合，但也够吓人的啊！只不过，社长他自己好像没觉得说那些话有多可怕。"

28

"可是野际啊，这传闻也太讨厌了。我可从来没听说过那种事，一次都没有。这电梯里闹鬼，究竟是谁传出来的？"

27

"我也是头一回听说。我猜啊，肯定是那些整天只知道动嘴，手上不干活的年轻人觉得好玩瞎编的，没必要在意。"

26

"那种人应该尽快揪出来开除，否则只会后患无穷……不过啊，咱们还真是好久没说起那个儿子的事情了。"

25

"因为社长自己就很少提起他儿子啊，对他这个身心都已衰老的人来说，恐怕光回想起来都很痛苦了。"

24

"野际，你说该怎么办啊？如果咱们真的在这电梯里跟那个阔别十五年的儿子打上了照面……"

23

"我想想，要是我啊……首先得对他郑重地说声谢谢。真的谢谢你，这么轻而易举地就被干掉了。"

22

"这么说起来，那个儿子也算是咱们的恩人。多亏他死了，你我才有了今天的地位，不是吗？"

21

"就是，毕竟当时社长打算把所有重要的工作都交给儿子，而他又是个没有经验的小鬼。"

20

"所以趁他还没毕业,就得让他消失。那都是为了咱们公司好。"

19

"不过专务,这事蹊跷。您不觉得刚才社长的样子有点怪吗?"

18

"我倒觉得没什么,那个人从前就有点怪,跟常人不一样。"

17

"那倒是。总是看不出他在想些什么。嗯,您怎么了?"

16

"哦不,没什么。不过……咦?喂,你看。"

15

"专务,您怎么了?我看您脸色不太好啊。"

14

"嘘,安静点……奇怪,有点不对劲啊。"

13

"奇怪?这么说来,确实不太寻常。"

12

"你不觉得太晃了吗?而且……"

11

"我怎么觉得有好大的风声啊。"

10

"喂,太快了!下降太快了!"

9

"这是电梯在下坠,专务!"

8

"是那家伙,那臭老头!"

7

"专务,快拉制动!"

6

"不行,不管用!"

5

"我不想死啊!"

4

"我也是啊!"

3

"我也是!"

2

"哎……"

1

第一章

> 最好别碰那盒子
> 进去了准没好事
> 再也分不清方向
> 如果你还不在乎
> 那就按下按钮吧
> ——Sundowner *They Love That Box*[*]

* 意思是"他们爱那个盒子"。

1

"嗯?"

姬川亮摘掉左右耳的iPod[1]耳机,抬起头说。

乐队貌似结束了练习,成员们从里面的排练棚吵吵闹闹地走了出来。这帮人看起来还是高中生,有三个男生和一个女生。留着短发的娇小少女手上没有鼓槌和乐器盒,肯定是主唱了。这些年轻的音乐家对着前台打了声招呼,经过了坐在等候区域的姬川他们。乐队练习结束后独有的活力消失在大门之外。

"嗯……什么?"

从桌子另一头探出身子,一直等待姬川发表感想的竹内耕太脸上没有了刚才的兴奋和期待。

"你要用这个做什么?"

姬川拿起iPod在桌子上一滑,还给了竹内。

"都说了,把它放在下次表演的曲目之前啊。《阁楼里的玩具》之前。"

歌曲《阁楼里的玩具》(*Toys in the Attic*)是"空中铁匠"

---

[1] 苹果公司设计和销售的便携式多功能数字多媒体播放器。——编者注

（Aerosmith）1975年发布的专辑歌曲之一，也是硬摇滚的名曲。根据专辑里的介绍，这首曲子让当时的他们名震全美。1975年正好是姬川等人出生的年份，因此他们在高中组成乐队时，带着一种天真的命运感决定将这首曲子永远作为演出的压轴曲目。现在他们各自走上社会，在练习和演出上早已产生了惰性，但依旧保持着这个习惯。

"为什么要放这首？"

"不是说了嘛——"

说到这里，竹内对旁边的谷尾瑛士苦笑了一下。谷尾回以同样的表情，从大衣口袋里掏出了柔和七星牌的烟。他面前的烟灰缸里，已经有六根柔和七星化作灰烬。三十分钟抽了六根。谷尾之所以干行政工作还皮肤黝黑，也许是因为身体已被尼古丁腌入味了。姬川跟谷尾认识十四年，谷尾抽烟抽了十四年，直到现在，他还是忍不住这么想。

"算了，反正你不听别人说话也不是一天两天了。"

竹内重新看向姬川。竹内皮肤白皙、五官端正，与谷尾形成鲜明的对比。姬川跟他也已经有十四年的交情了。他们三人是高中同学，今年都已迈过了三十岁的坎儿。

"我再说一遍吧，你听好了。那首曲子副歌部分的合唱不是'Toys, toys, toys in the attic'（玩具，玩具，阁楼里的玩具）吗？我们要改成'Thing, thing, thing in the attic'（东西，东西，阁楼里的东西），所以才要在曲子前面放一遍刚才给你听的《电梯里的东西》。"

"我完全听不懂。"姬川诚实地回答。

《电梯里的东西》（*Thing in the Elevator*）是姬川刚才听的竹内的"作品"。他经常在自己家用MTR录制作品，拿给乐队的姬川和谷尾听。MTR（Multi Track Recorder）是能够多重录音的机器，可以单独收录音轨，再复合起来播放。比如单独录入鼓、贝斯、吉他、主唱的音轨，再一起播放，就有了乐队演奏的效果。这是这种机器的设计初衷，竹内也是因为这个功能才将其买下，但不知何时，他在上面找到了别的乐子，也就是所谓的录制"作品"。

姬川刚才听的，是竹内用变音器录制的一人分饰三角的对话。每一段对话的停顿处，都会报出从50到1的英语数字，其语速渐渐加快。而且不知为何，对话最后的结论，都是"社长死掉的儿子一定在那电梯里"。

"我来解释吧。竹内语速这么快，亮肯定听不懂。"

谷尾笑着喷出烟雾，对着烟灰缸弹了一下灰。

"首先，亮肯定不知道'Thing in the attic'是什么吧？"

"不知道。难道不是……阁楼里的东西？"

"那是直译。其实，这句话是惊悚悬疑的主题之一。某个地方藏着某个东西，那个东西构成了故事的关键要素。当然，东西不一定非得在阁楼里——总而言之，就是某处潜伏着某物的意思。"

"像《十三号星期五》[1]那样的吗？"

姬川一问，谷尾就高兴地点头，连连称是。

"那个电影的故事就属于这类主题。竹内录的《电梯里的东西》也是同理。所以他才要把'Toys in the attic'改成'Thing in the attic'，还要在曲子前面放一段自己的作品。"

"可是——"他大概懂了。

"可是为什么要那么做呢？"

"为什么？这个嘛——"

谷尾叼着烟想了想，然后转向竹内问道："为什么啊？"

"单纯的文字游戏而已。'Toys in the attic'和'Thing in the attic'行文有点像，我就来了灵感，猜想把副歌的'toys'改成'thing'会不会很好玩。然后我又想起了碰巧在最近录的《电梯里的东西》，要是把它放在曲子前面，既能烘托气氛，也能成为演奏时的倒计时。最后的3、2、1结束后就开始唱。"

竹内做了个猛地握住麦克风的动作。谷尾点点头深以为然，但是很明显，竹内说的话完全不着调。

姬川假装思考了几秒钟，然后说："还是算了吧，副歌第一声是'thing'的话，声音的冲击力会变弱，而且只改这一句歌词，前后的意义就连不上了。"

"那首歌的歌词本来就没什么意义吧？"竹内保持着握麦克

---

[1] 美国二十世纪八十年代著名的低成本恐怖片。——译者注（如无特别说明，书中注释均为译者注）

风的动作,飞快地念了一句"Toys in the attic"。

他从高中就开始唱英文歌,所以发音很好。姬川总是想,这人应该上大学读个英语专业,将来找一份需要说英语的工作。竹内并非不聪明,他父亲是活跃在一线的译者,母亲又是大学讲师,他天生拥有聪明的脑袋,父母也能提供培养他的资金。事实上,他姐姐就在神奈川当精神科医生。然而竹内这个弟弟辜负了家人的期待和投在他身上的钱,高中一毕业就成了无业游民。

而且,他还一直不思进取。

Toys, toys, toys in the attic

Toys, toys, toys in the attic

话说回来,姬川自己也没有多了不起,没资格说别人。高中毕业十二年,他每天都摆着最不擅长的谄媚笑脸,一刻不停地向餐饮店经营者推销公司出品的火腿产品。他没有一件衬衫的领口不是发黑的,由于成天被上司斥责,好像还比以前含胸驼背了一些。其实他很想上大学,但是与母亲相依为命的生活很难支持他这么做,所以姬川才觉得竹内太可惜了。

"要不,还是算了吧。"第一轮歌词结束后,姬川插嘴道。

"那个曲子我想按平常的方式表演,因为十四年来一直都这样。高中的文化祭、定期演唱会,还有毕业之后在Good Man的演唱会,都是这么过来的。"

姬川他们每年会在Good Man表演两次左右,那是位于大宫车站地下的小型Live House[1]。

"嗯……话是这么说。"竹内噘着嘴,盯着桌上的iPod赌了一会儿气,最后轻哼一声点了点头。

"知道了,那就算了吧。"

每次表演前,竹内都会提出一些自己的主意,但基本上都像现在这样,被姬川和谷尾否决。

谷尾摁灭了烟。

"你的新作品就在开始前用观众席的扬声器播放吧。要是完全不展示出来,那也太浪费了。而且我觉得这次还挺有意思的。"

"那真是谢谢了。"

竹内含糊地摇了摇头。因为他很清楚,表演开始前的Live House很吵,基本不会有观众仔细听扬声器播放的"作品"。尤其姬川他们的乐队,说白了就是翻唱乐队,来看表演的基本都是成员的熟人或熟人的朋友。演奏开始前,他们无疑都在各自交谈。

"可是竹内,你那声音转换器可真厉害啊,变出来的声音完全不一样——啊,该死,断了。"

谷尾看了一眼柔和七星烟盒的内部,随即将其揉成一团。

"那是必须的,毕竟不是外面那些廉价的转换器。"竹内得

---

[1] Live House一般泛指小型现场演出,此处指现场演出场所,该场所名称"Good Man"直译为"好人"。

意地笑了。

"它不仅能调节声音的高低,还能模拟自然的人声,改变音色。只要我愿意,还能变出女声呢。"

"我劝你最好别拿它来犯罪哟。据说最近有人利用那种设备一人分饰两角,搞皮包公司呢。"

"我对那个没兴趣,万一被你老爸抓住了呢。"

谷尾的父亲是东京都内某辖区警署的现役刑警。也许受到了父亲的影响,谷尾的外貌举止乍一看也很像那条道上的人。要是不认识他的人在犯罪现场见到他,恐怕会以为这人是凶手或者刑警。但他暂时两者都不是,而是某商社的总务主任。

"野际先生,有烟吗?要柔和七星的。"谷尾伸头朝柜台喊了一声。坐在简陋前台后面的工作室老板野际应了一声:"有!"野际这个人看起来就像骷髅架子,他顶着花白的头发,全身一点水分和脂肪都没有,跟姬川他们的交情自乐队成立以来就没断过。

"给我拿一盒吧。"

谷尾拿着钱包离席,到柜台买烟时还跟野际聊了两句,随后低声笑了起来。他们聊的好像是数学。

姬川漫不经心地拿起自己靠在墙边的吉他,拨了一把六弦。没有连接增幅器的电吉他只发出了沉闷而平淡的响声。

就像他们一样。

"好慢啊,还有五分钟就该进棚了。"

竹内看了一眼手表。现在已经是下午三点五十五分了。练习用的排练棚四点开始对外开放。

"亮,你手机上有消息吗?鼓手不来没法练习啊。"

姬川掏出手机看了一眼记录,既没有消息也没有来电。

他们在高一那年夏天成立了"空中铁匠"的翻唱乐队"Sundowner"。当时还只有录音带,又瘦又高的竹内整天带着随身听、耳朵里塞着漏音的耳机,摇头晃脑地在校园里四处散播"空中铁匠"的曲子。姬川和谷尾渐渐注意到他,最后都凑过去说自己也喜欢那个乐队。姬川会弹吉他,谷尾有三把贝斯。竹内表示自己没碰过弦乐器,也没有打鼓的体力,但他能用准确的音高演唱"空中铁匠"的所有曲子。于是三人立刻商量要组建乐队。

"去哪儿找鼓手啊?"

明明还在读高一,谷尾已经长了一脸胡楂。

"找遍整个年级,总能找到一个吧。"

竹内最大的特征就是白皙的面孔和光滑的褐色头发。

"要不去铜管乐队看看,说不定能拉他们的鼓手过来。"

那也许是姬川第一次拥有了能称得上朋友的人。因为小学时经历过家中那件谁也不愿提起的事,姬川在人际关系上总是很踌躇。

"你们要搞乐队吗?"

主动找到他们的,是同在高一的小野木光。不过,当时他们三个都不知道她叫什么,因为姬川、谷尾和竹内都跟她不是一个班级。光没有染发，也没有化妆，制服裙子也不会特别短。但是他们看见她，不约而同地吃了一惊。

她太漂亮了。

"我能打'空中铁匠'的鼓哟。"

十四年前，四个人的翻唱乐队就此成立。他们每周一次租用光的熟人经营的工作室练习"空中铁匠"的曲子。那个熟人就是野际，所谓的工作室就是他们所在的"Strato Guy"。

姬川对自己的吉他技术有点自信，他甚至能把"空中铁匠"的双人吉他曲改成单人吉他弹出来。正因如此，他也有点担心其他成员的实力。不过第一次在Strato Guy试音后，他就一点都不担心了。竹内完美再现了史蒂芬·泰勒的高音，谷尾来了一段即兴的斩波器演奏，技术也很不错。最让姬川震惊的是光的架子鼓。她用自己带的双踏板有力地击打低音鼓，用完美的节奏控制踩镲，对小鼓的强弱控制也堪称绝妙，演绎出了完美的鼓点，而且在独奏时以看不清鼓槌的惊人手速一口气敲响了前后筒鼓。

他们第一次练完事先约好的"空中铁匠"代表曲目*Walk This Way*（一往无前）之后，姬川开始觉得自己能全身心地投入接下来的高中生活了。竹内和谷尾的傻笑证明，他们也有同样的心情。唯有光在一曲结束后略显烦躁地调整着镲片的位置，看不出来是什么心情。不过后来一问，原来她也觉得很不错。

"就是我表情比较阴沉。"

他还记得光曾经黑着脸这样嘀咕。

是谷尾想到了"Sundowner"这个乐队名。当他顶着那张粗犷的脸提出如此装模作样的英文名，姬川和竹内都吃了一惊，甚至连光也稍微瞪大了眼睛。

"我昨天上英语课闲着没事翻教科书，碰巧看到这个词了。"谷尾坐在教室一角，拇指唰唰地抠着胡楂，一脸严肃地对姬川他们说。

"这个'soundowner'就是那什么吧，支配音乐的人，是这个意思吧？"

这就是谷尾认为它很适合用作乐队名的理由。听了他的解释，姬川等人同时沉默了。下一个瞬间，他们又同时大笑起来。谷尾愣愣地看着他们。

"不行吗？这个不适合当乐队名吗？"

原来谷尾把"sundown"（日落）衍生出的"sundowner"（黄昏时喝的酒）错看成了"sound owner"，并擅自将它理解成了"支配音乐的人"。

竹内苦笑着连连点头，使劲拍打谷尾的肩膀。

"无所谓，就这个吧。决定是Sundowner了。"

姬川和光都表示了赞成，因为这个词虽然来路有些曲折，但作为乐队的名称不算太坏。谷尾不明白他们三个为什么笑，一直疑惑地看着他们，还问为什么Soundowner不行。

其后的十二年，Sundowner的成员一直没变过。他们定期到Strato Guy排练，定期在文化祭和Live House演出。他们还写了几首原创的曲子，由姬川和谷尾编曲，竹内作词。连他们自己都忍不住苦笑的是，虽说是原创，那些曲子几乎没什么原创性，只要是熟悉"空中铁匠"的人都能听出模仿的痕迹。但是姬川觉得竹内写的词很不错。他似乎不太好意思用日语唱歌，写出来的词都是英语。竹内称"我只是把想到的话堆在一起"的歌词有很多抽象表达，很难把握具体的意思，但它就是有种奇怪的魅力，姬川并不讨厌。

高中时代过半，Sundowner演出的翻唱和原创曲目开始各占一半。乐队成员都走上社会后，虽然乐队活动频率有所降低，但他们还是坚持练习，并在Good Man每年办两次演出。

但是两年前，鼓手换人了。

2

"亮,你怎么不跟光结婚啊?"

谷尾拿着新买的柔和七星走了回来。

"突然说这个干什么?"

"刚才我跟野际先生聊呢。他说你们再不结婚,光就那个了。"

"哪个?"

"年龄大了呗。"谷尾说着,一屁股坐在圆凳上。

"她也三十了吧?我也觉得如果想要孩子,最好别再拖延了。"

"我又没有拖延。"

姬川老实地回答道。谷尾叼着烟皱起了眉,竹内也好奇地凑了过来。

"有什么问题吗?难道因为家人?"

姬川没有回答。竹内的猜测其实算是正中靶心,但靶心的实质跟他想的不太一样。

"是光的父亲不答应吗?"

"倒也不是……"

高二那年春天，姬川就跟光在一起了。他到现在都只跟光这个异性有过亲密关系，并且认为光也只有他。谷尾和竹内，还有看着光长大的野际，都认为他们会结婚。

光的父母在她上初中时离婚了。从那以后，就是打爵士鼓的父亲养育她长大。她父亲只教女儿打鼓，并不干涉她的私生活，还到处结识女人与其同居，几乎不怎么回家。据说那个父亲现在已经完全消失了踪影。野际虽然是她父亲的老朋友，但也不知道怎么联系上他。

姬川想，他与光一定是般配在了都很寂寞这一点上。或者，是彼此都有心伤。所以他才会喜欢上光。

但是现在想来，那样的喜欢也许很危险。因为如果他见到了另一个同样境遇的女人，也有可能被吸引过去。

而且，光还有个妹妹叫桂。

"要不，我还是不打鼓了。"

两年前的冬天，光这样说。

"为什么？"

姬川问她，她只是摇头。

"不为什么。"她这样回答。

姬川和后来听说此事的竹内、谷尾都没有强烈反对光不再当鼓手。他们有两个理由：首先，他们本来就是凭爱好组建的乐队；其次，光已经找好了代替她的人，就是与光同住、小她五岁的妹妹小野木桂。

现在姬川他们等待的也不是光，而是桂。

姬川他们第一次跟桂合练，就发现桂的鼓手天赋与姐姐不相上下，甚至可能更胜一筹。

桂并非惊为天人的美女。与五官端正的光相比，桂长着一张娃娃脸，十分可爱。她的体形也不像光那样具有女性气质，而是又瘦又小。她的头发也不像姐姐那样长，而是剪成了孩子气的短发。那头短发很符合她急脾气的性格，也很衬她小巧的下巴和笔直的面颊轮廓。桂只有一个地方长得像光，那就是眼睛。她有一双大大的眼睛，表面像是覆盖了一层薄膜，投下淡淡的雾霭。她似乎有轻微的斜视，目光总是那么脆弱而不确定。

"要是小桂没来，就请光来吧。她稍微打一打应该能想起来。"竹内边说边用双手食指敲打着桌面。

两年前离开Sundowner后，光就一直在Strato Guy工作。因为她希望在父亲的旧友野际先生手下工作，这样也许能有机会联系上父亲。只不过截至目前，她好像都没能如愿。

"光要六点才来，她今天上晚班。"

姬川说完，竹内回头看了一眼走廊深处。

"哎，她现在不在吗？我还以为就在里面呢。"

L字形走廊的尽头是仓库和员工用的小办公室。说是员工用，但现在不同于摇滚热潮时期，租用排练棚的客人逐渐减少，因此同一时间待在办公室的员工基本不会超过两人。

"她上晚班，岂不是不能去舞之屋了。"

竹内没精打采地说完，姬川点了点头："晚班要上到十二点，恐怕去不了。"

他们每次在Strato Guy练完，都会到附近的居酒屋舞之屋喝酒聊天。只要下班时间能赶上，光也经常中途加入。

Toys, toys, toys in the attic
Toys, toys, toys in the attic

竹内又摇头晃脑地小声唱了起来。

话说回来，那个房间有点像阁楼呢。姬川模糊地回想起来。

他曾经住过的房间，也是姐姐死前，他们一直共用的儿童房。那个二楼的不足十平方米的房间里，有倾斜的天花板、木地板、双层床、贴在墙上的矮胖子的画。

"姐姐没跟你说过什么吗？"他脑中响起警察当时对他说话的声音，"比如家人的事情？"

还在上小学一年级的姬川被反复询问了好几遍。

"你没有瞒着什么吧？"

他至今记忆犹新的那个案子，那个将他和母亲逼向孤独深渊的事件。

竹内换了歌词，又一次哼唱起同样的旋律。

Thing, thing, thing in the attic

Thing, thing, thing in the attic

渗透到父亲脑子里的东西。

扎根在父亲脑子里的东西。

"我说,还是在演奏之前播放我的作品吧。"

竹内像撒娇的孩子一样,摇晃着谷尾的肩膀。

"不,还是算了。刚才亮说得没错,最好别用奇怪的想法打破十四年的传统。"

"哪来的什么传统啊,本来就是因为好玩才成立的。"

谷尾和竹内都不知道那件事。姬川从未告诉过他们,他也没有告诉过光和桂。谁也不知道姬川内心存在着这么一个黑暗的旋涡。他们可能都以为姬川是个天生内向的人,一个喜欢想事情、不怎么爱说话的人。

其实不对。

姬川沉默时,大多在回想那个事件,在凝视着自己心中那个黑暗的旋涡,在拼命忍耐着吼叫的冲动。

没有人,知道真相。

3

"不好意思,我来晚了。"

一个沙哑的声音吸引他们回过头去,只见娇小的桂裹着严严实实的围巾和羽绒服,气喘吁吁地站在不远处。她应该是飞快地冲进了大门,身后的玻璃门还在大幅度摇晃着。

"你要是把门弄坏,我就从你姐的工资里扣修理费。"

野际在柜台后面故意刻薄地说道。桂朝他抬手打了声招呼,然后走向姬川他们那张桌子。

"真不好意思,高崎线因为人身事故晚点了。"

"没事没事,赶上了就好。"竹内在座位上伸着懒腰,摆摆手说。

"没有,你来得刚刚好。"谷尾看着手表说。

桂喘着气摘下了围巾。短发的发尾因为被围巾压过,朝奇怪的方向翘了起来。

"电车上好多人,我动都动不了。"

桂与光住的公寓位于大宫北边,从这里乘高崎线过去大约要三十分钟。时刻表被打乱时,高崎线的上行列车会变得十分拥挤。姬川家也在同一条线上,因此熟悉这个情况。

"哎，我姐呢？"桂伸头看了一眼走廊深处，然后转向姬川。

"还没来。她说今天上晚班。"

桂脸上闪过了呆滞的表情，但很快点点头说："这样啊。"

"好了……嘿。"谷尾发出一声老头似的闷哼，抱起贝斯包。

"进棚吧。野际先生，我们练两个小时。"

"知道啦。今天你们去6号棚。"

"好嘞。"

Strato Guy共有八个排练棚，按时段出租。今天Sundowner租用了四点到六点的时段。

"小桂，你是从车站一路跑过来的吗？"

他们走在右侧都是排练棚的昏暗走廊上，竹内问了一句。桂用她习惯的连比带画的方式回答道："就是啊。我下车时已经快到时间了。而且昨天下过雨，路上到处都是水洼，我都没法跑直线，绕来绕去可累了。"

昨晚确实下了雨。因为是十二月中旬，他还以为雨会变成雪，但是一直到深夜，天上落下来的依旧是冰冷的雨点。

"好不容易跑到门口了，还差点踩到螳螂。"

"螳螂？这大冬天的？"

"就在门口的人行道上，绿色的大螳螂。你没见过吗？"

"饶了我吧，我从小就怕大虫子。不过小桂，你都累成这样了，还能打鼓吗？"

"我比竹内哥你们年轻多了，没问题的。"

桂从挂在牛仔裤腰带上的皮制鼓槌袋里抽出鼓槌，用灵活的手指同时转动起来。

"你们都三十了，我才二十多呢。"

"不过年轻也有年轻的烦恼吧？"

"什么烦恼？"

"比如在拥挤的高崎线车厢里——"说着，竹内的手就伸向了桂的臀部。谷尾飞快地抓住了他。

"哇，不愧是刑警的儿子……"

竹内虚情假意地夸奖了一番。谷尾没理他，而是松开了手。

四人来到6号棚门前。

桂拉开了隔音门，里面还有一道同样的门。她推开内门，走廊的空气咻咻地灌进了一片黑暗的棚里。桂在右边墙上摸索了片刻，按下开关，天花板的荧光灯闪烁几下，在架子鼓和马歇尔增幅器上投下白色的光。

虽然没有明确约定，但他们四个每次一走进排练棚就会不约而同地沉默下来，各自完成演奏的准备。这也许是因为他们都不想浪费花钱租来的时间，不过姬川很喜欢这种略带紧张感的沉默。

所有人准备妥当后，竹内朝桂努了努嘴。桂转了一下鼓槌，敲出一串8拍节奏型。姬川奏响吉他连复段加入，竹内以比原唱略偏呐喊的嗓音加入，最后谷尾的贝斯也融入进来。"空中铁匠"的*Walk This Way*开始的瞬间，姬川突然有种不同寻常的感

031

觉——周围的景色仿佛从彩色变成了黑白的奇妙感觉。

这是什么？姬川困惑地想。

那一瞬间，他似乎陷入了闪回，脑中浮现出二十三年前的冬日。

4

那时——

姬川还在上小学一年级,姐姐塔子上三年级。

姬川一家住在浦和市郊外的一座二层小楼里。家里有四口人,他、姐姐、母亲多惠,还有罹患恶性脑肿瘤的父亲宗一郎。

凡事皆有因,而因亦是果。顺着因果的河流回溯上去,就会到达事情的源头——二十三年前那件事的原因,也许就是侵蚀父亲大脑的可怕癌细胞。如果父亲知道自己的生命还能持续几十年,他一定不会做出那种事。

直至现在,姬川都这样想。

由于肿瘤位置不好,当医生宣布无法切除时,父亲选择了在家中走过生命的最后一程。现在虽然有了可供患者选择的家庭临终关怀,但当时好像没有这个说法。父亲、母亲和医生都没提到过这个名称。姬川第一次听到这个词,是父亲去世六年后,他升上初二的那年春天。有一天,母亲不慎用菜刀切伤了中指,因为创口很大,她被救护车送到了医院。姬川陪母亲到了医院,在母亲接受治疗时,他无所事事地在父亲以前来过的脑外科病房闲逛。他在那里碰到了一张熟悉的面孔——那是与满头白发的瘦削医生一道负责父亲的家庭医疗，并给父亲送终的男护士卑泽。卑泽也记起了姬川，还请他喝了大堂自动售货机的纸杯咖啡。

"小亮的父亲选择的，是家庭临终关怀。"卑泽跟姬川坐在一起喝咖啡时说。

送走姬川的父亲时，卑泽还是个二十多岁的年轻人。所以他们在医院大堂碰见时，卑泽应该跟现在的姬川差不多大。

"其实我们医院这边不太赞同那种做法，因为家庭临终关怀很难应对突发状况。"

"那为什么……"

"是小亮的父亲坚持要这么做的。"

父亲为何要坚持这么做？当时姬川并不理解父亲的心情。

"老实说，我也是第一次。"

"什么第一次？"

"在患者家里为他送终。"

他一定也不好受吧。姬川看着卑泽的脸，暗自想道。

他们一家与父亲度过的几个月时间，全都凝缩在那座房子里。那种好似冰冷的白色雾霭的气氛，姬川至今都忘不掉。没有声音的房子，在一楼墙边的父亲的病床，倚靠在被窝里的无腿靠背椅上一动不动的父亲。父亲因为刚剃完发不适应，所以一直戴着褐色的针织帽，不想让家人看见自己的头。他总是盯着什么都没有的地方发呆。父亲就是这样，静静地等待着脑子里的炸弹爆炸。姬川总是很担心，担心父亲会突然跳出被窝，迈开两条瘦弱的腿，狂乱地瞪着眼咚咚咚地跑掉。

　　由于肿瘤压迫大脑，父亲有时会感到恶心和头痛。每次看见父亲用力闭着眼，微微颤抖的双手使劲攥住被子艰难呼吸的样子，姬川就难过得想哭。父亲还有轻微的语言障碍，姬川担心地跟他说话时，他往往只能打手势回答。父亲有时也会说话，但话语里总是夹杂着意义不明的成分。看着父亲熟悉的脸，听他说出怪异的话语，都让姬川感到无比害怕。

　　母亲疲惫到了极点。那段时间，母亲的面容迅速憔悴，皮肤越来越松弛，再也没有恢复到原来的状态。由于丧失了时间和心力，她再也没碰过年轻时爱好的水彩画。家中各处挂着的名山大川、静谧湖水和父亲年轻的笑容都像母亲失去之物的复本，让还是孩子的姬川看了也无比哀伤。每次母亲把出诊的白发医生和卑泽护士送到门外时，他们总是惴惴不安地看着她，努力思索该说的话语。二人眼底潜藏着深深的忧虑，担心自己不经意间说出的话，会彻底摧毁患者妻子内心的某些东西。

　　晚上，姬川在二楼儿童房睡下后，总能听见楼下传来父母压低的声音。那是安静的争吵。他们对彼此说着听不清的话，每次都要说上好久好久，最后都以母亲细细的啜泣声结束。睡在双层床上铺的姬川不知不觉养成了把脸埋在枕头里，双手食指堵住耳朵睡觉的习惯。

　　直到现在，姬川对婚姻都只有负面的印象。即使看见关系和谐的夫妻和快乐的家庭，他也会忍不住想，在幸福之墙的背后，也许静静藏着黑色炸弹。姬川觉得，他的一辈子可能就这样了。结婚、生孩子，他可能永远不会产生这种想法。

在那令人喘不过气的重压之下，唯一能保持开朗的人就是他的姐姐塔子。姐姐经常钻进散发着药味的父亲的被窝里。每当那时，父亲的表情也会略有缓和，双手抱着姐姐放在腿上翻滚，逗她发出高亢的笑声。等到姐姐起身时，他们的面孔会贴得非常近，几乎能碰到一起。姐姐还会拿医生和卑泽护士打趣，抓着他们的手玩闹，让他们为难。唯有在姐姐调皮的时候，周围的人才会短暂地露出笑容。

姐姐很喜欢卑泽。不知是因为他长得帅气，还是因为他待人温柔，也许是因为他上门时偶尔会买橡胶小玩偶过来，卖好久的关子才啪地拿出来给她看。姐姐一直管卑泽叫"HI医生"，母亲怎么说都不改。长大后，姬川想到"HI医生"写成汉字就是"卑医生"，莫名有点伤感。

姐姐死前那天早上，她提出要在儿童房布置圣诞装饰。姐姐说，也许圣诞老人能治好父亲的病。当然，她应该不是真心这么想，可她眼中还是泛着期待的光芒。她那孩子气的兴奋也影响了姬川，于是姐弟俩在寒冷的二楼儿童房雀跃地构思起了装饰的细节。他们盘腿坐在木地板上，将抽屉里的彩纸用剪刀裁成细条，然后用胶水粘成圆环，各种颜色穿插着串在一起，还边做边对彼此痴痴地笑。因为学校已经放寒假，姬川和姐姐就这样度过了圣诞节的前一天——现在回想起来，年幼的他们也许都在本能地寻求逃避，想在充斥着冰冷的白色雾霭的家中，用鲜艳的色彩撑起一个温馨的角落。

"明天是星期五，HI医生会一个人过来。"

姐姐用比姬川更修长的手指灵巧地叠着蓝色星星，这样说道。医生跟卑泽只在星期一一起上门，星期三和星期五则是卑泽独自过来照料父亲。医生来的时候都从医院开车过来，只有卑泽时，他都乘坐巴士。

"我要做一件大事，让HI医生吓一跳。"

姐姐似乎有什么计划，但她没有对姬川细说。

"明天HI医生快到的时候，小亮你去巴士站接他。等到家了别让他进门，带他沿着围墙外面绕到这个房间底下能看见窗户的地方。"

"可是我明天约好了去朋友家玩。"

"你一定要在HI医生到的时间回来，一定哟。"

姐姐就是这样，总是不等他答应就擅自叮嘱，仿佛事情已经谈成了。她可能早已看透了姬川不爱帮别人做事的性格。

"一定要哟！"

姐姐才上小学三年级，身材也很瘦削，但是在浴室里露出的胸部已经微微隆起了。她也许是发育比较早的孩子，连四肢都比他在学校看见的姐姐的同学更修长。那样的姐姐因为一个秘密而兴奋不已，甚至喘着粗气，这在年幼的姬川眼中显得很不自然。但是与此同时，他又感到了莫名的安然。他一度觉得姐姐正在离自己远去，现在却散发着阳光下的棉被的味道，再次回到他身边来了。

翌日下午，姬川和几个同班同学聚到了其中一个同学家里。那个同学说父母都不在家，就约了他们到家里搞只有小孩子的圣诞派对。不过那场派对说到底只是一起打电玩的人数比平时多了一些罢了。也许他们后来还吃了点心，但姬川不得不中途退出，因此无从知晓。

姬川离开同学家后，两点半前后到达了巴士站。卑泽三点上门，每次都准时按响门铃。从巴士站到家只有五分钟路程。可是，如果那天卑泽早到了，姬川就无法按照姐姐的指示带他到儿童房的窗外。为了不被姐姐骂，他干脆早早来到了巴士站等候卑泽。

那天特别冷，还有点风。外面几乎没有行人，冰冷的灰色人行道上有一只薯片的空袋子被风吹得唰唰地飞走了。不知为何，他对这个光景印象特别深刻。

上午姬川去同学家时，姐姐在二楼儿童房用电池和细电线不知在拼凑什么。父亲在一楼的和式房，依旧靠着被窝里的靠椅注视着虚空。母亲瘦弱的背影对着餐桌，难得地拿起了画笔——后来姬川才知道，那是她给姐姐的圣诞礼物。

大约两点五十五分，卑泽下了车。姬川当时没有戴手表，因此并不知道确切的时间，只是后来听警察和父母交谈，得知他与卑泽二人到家时正好三点。

"你别进去哟。"

看见家里房子后，姬川对卑泽说。卑泽端正的脸上露出了温和的微笑。

"可是不进去，我就见不到你爸爸呀。"

"之后再进去，一开始不行。"

姬川并不知道姐姐的具体计划，只能这样告诉他。

"那好吧，我听小亮的。"

卑泽没有细究，也许猜到了当天是圣诞节，孩子们给他准备了点惊喜。

二人一起走进院门，姬川带着卑泽往左转，走向儿童房的窗外。

那时，旁边传来了母亲的声音。

"卑泽护士，你辛苦了。"

母亲一手拎着纸袋，似乎买完东西刚回来。看见纸袋上的画具店标识，姬川猜测她应该是去买画框了。纸袋里除了画框，肯定还有今天母亲在厨房画的画。因为母亲每次去买画框，都会带上要放在里面的画，否则她挑不出合适的画框。父亲患病前，姬川也跟她去过几次画具店。不知她今天画的是什么。他也很想看看母亲久违的画作。

母亲瘦削的脸埋在围巾里，奇怪地看着站在一起的姬川和卑泽。

"小亮今天去巴士站接我了。"

卑泽察觉到母亲的疑问，主动说道。

"好像有什么宏大的计划在等着我呢。对吧，小亮？"

然而姬川并不知道计划的内容，只能含糊地点点头。

"快跟我来。"

姬川拉着卑泽的手，沿着红砖围墙走向房子左侧。可是就在那时，身后突然传来母亲倒吸一口冷气的动静。姬川疑惑地回头看，发现母亲呆站在油漆剥落的黑色院门前，直愣愣地看着某一点。

"你没事吧？……"母亲对着院门向里面搭话。

姬川后退几步，回到母亲身边。只见父亲身穿睡衣，站在玄关门前。他好像是从后院走过来的。父亲光脚穿着拖鞋，脚上沾了一点土。他依旧戴着褐色针织帽，在阳光下显得脸色异常苍白，也许因为他太久没有晒太阳了。医生和卑泽都劝他多出去散步，但父亲一直不愿意离开被窝。他的食量也越来越小，那个时候，他的脸和身体都变得像冰霜覆盖的枯木一样了。就是这样的父亲定定地站在风声呼啸的玄关门前，睡衣的衣袖像两条空荡荡的布套似的垂在身体两侧，干燥的嘴唇微微颤抖。

他凹陷的双眼飞快震动着，轮番看向母亲、姬川和卑泽。

"您在院子里散步吗？"卑泽走向父亲，语气中有一丝欣喜。

"走走挺好的，不过一开始最好用拐杖，因为您卧床太久了。"

卑泽说的拐杖，是几周前他劝母亲买的。那根拐杖一直被放在玄关的伞架里，最终一次都没被用过。

"这样会着凉呀。"

母亲脱下自己的大衣，朝父亲走了过去。她站在与卑泽相对的位置，轻轻将大衣披在了父亲肩上。父亲面朝前方，没有任何反应，像是在专心思考什么。

后院怎么了？姬川十分在意父亲的背后。当时，姬川已经完全忘记了带卑泽从围墙外面绕到儿童房窗外的约定。他从三个人旁边走过，试图进入后院。可就在那时，父亲的右手竟用意想不到的力量攥住了姬川的胳膊。姬川吓呆了，抬头看向父亲的脸。那一刻，父亲的脸很白，就像一副诡异的面具。他的皮肤松弛，唯有干燥的眼球中心，那漆黑的瞳孔微微震动着。

"姬川先生，您怎么了？"

卑泽担心地看着父亲。父亲看都不看他一眼，更别说理睬。卑泽略显疑惑，伸长脖子朝后院看了一眼。这时，父亲才转向卑泽，飞快地用左手拽住了他的袖口。

姬川害怕极了。他没来由地感到，<u>一定是发生了什么</u>。他双腿发软，说不出话来。那一刻，他听见母亲倒抽了一口冷气，仿佛察觉到了什么重要的事情。母亲看向父亲，父亲也转向了母亲。下一个瞬间，玻璃破碎的声音响起，是母亲失手掉落了装着画框的画具店纸袋。姬川吓了一跳，正要说话时，母亲突然跑了起来。

她的动作非常突然，飞奔着穿过房子外墙与围墙之间的狭窄通道，转眼之间就消失在了后院。姬川听见一声嘶吼。他觉得自己听见了。母亲的惨叫——但那也许是姬川后来加到记忆里的幻想。因为母亲消失在后院的纤细背影，就像一声嘶哑的惨叫。可能正因如此，姬川才会记住了母亲并没有发出的声音。

父亲攥住姬川的手突然松开了。几乎是同时，姬川拔腿就跑，他追着母亲去了后院。很久没有打理的草坪已经被稀稀拉拉、足有他那么高的枯草覆盖，母亲就跪在枯草丛中。那个背影的另一端，散落着黑色、白色与红色。

黑色是姐姐倾洒在地面上的头发。姐姐仰面朝天，两眼微眯，紧紧抿着嘴唇，呆视着冬日的天空。每次想到那一刻的场景，姬川记忆中的姐姐都是没有表情的能乐[1]面具。能乐面具的长发向四面八方散开，孤零零地被放在后院中央。那个能乐面具被放置的位置，是一块尖锐的红色石头。

啊啊啊！啊啊啊！母亲发出了怪异的叫声。她左手捧着姐姐的后脑勺，右手轻触姐姐的脸蛋，随着呼吸迸发出低沉的、宛如机械运作的声音。啊啊啊，啊啊啊，啊啊啊！母亲白色的运动服袖子被染成了鲜红色。

"塔子？"背后传来卑泽的声音。

姬川回过头去，卑泽逆着他的目光，跑向倒地的姐姐。他猛地扑倒在地，首先对母亲发出了严厉的指令。

---

1 能乐是日本的一种传统艺术形式，主角表演时常需佩戴面具。——编者注

"别动她,请退后。"

母亲口中依旧迸发着怪异的叫声,一屁股坐在地上,四肢并用地向后退去。那一刻,姬川看见了姐姐的全身。淡黄色的长袖上衣,格子裙。那身打扮跟姬川早上在儿童房看见的一样。姐姐的裙子前面翻起来,露出了白色的内裤和纤细的双腿。

卑泽伸手轻触了姐姐没有血色的面孔,耳朵凑到唇边,随后将手指探入颈侧,继而抬起眼睑。

"叫救护车吧。"卑泽撑起上半身,对母亲说。

他的声音近乎叹息,语气比刚才缓慢了许多,像在道出违心的话语。姬川靠近姐姐的身体,本以为卑泽会阻止,但他什么都没说。

姐姐显然是死了。姬川虽然是头一次目睹尸体,但一眼就能看出,横躺在脚下的这具身体,与今早跟他说话的姐姐是两种截然不同的存在。尽管如此,姬川那时尚未意识到姐姐的死意味着他与姐姐的永别。姬川低头打量了一会儿姐姐的脸,然后缓缓移动视线,不知为何看向了姐姐的胸口。他莫名地觉得不可思议,原来姐姐死了,那里还是胀胀的呀。

他抬起头,看向外廊。母亲进屋去叫救护车了,在纱门上留下一道好似刷子涂抹的红色痕迹。姬川想,起居室的电话机应该也变成了红色。

——我要做一件大事,让HI医生吓一跳。

姬川突然想,这难道就是姐姐的计划吗?但是他马上打消了

043

这个想法，然后看向二楼的窗户。

姐姐尸体正上方的儿童房窗户敞开着，窗台挂着一排他从未见过的东西。那是什么？那东西就像几条垂着的项链。后来他上二楼细看，原来是安在底座上的五颗小灯泡。底座以电线相连，电线的一头用透明胶贴在了干电池上。只要将另一头贴在电池的对侧，连在一起的五颗小灯泡就会亮起来。直到那时姬川才意识到，原来这就是姐姐的计划。她想让自己喜欢的卑泽看看这五道漂亮的光芒。

救护车拉着警笛赶来了。穿着白色衣服的大人声音忽高忽低地交谈着，然后救护车又空着离开了。不一会儿，一辆颜色不起眼的厢型车开过来，拉走了姐姐。当时他无法理解那两辆车的意思，直到很久以后，姬川才知道原来救护车不拉尸体。

后来警察也来了。穿制服的警察在后院和房子里忙忙碌碌，接着又有两个新面孔加入了他们。其中一个高大的年轻刑警名叫隈岛。隈岛问了父母好多问题，还让卑泽详细叙述了事发经过。

"我想在院子里散散步，结果就发现塔子躺在那里，已经不会动了。"父亲告诉隈岛。

当时是下午一点前后，母亲外出买东西，家里只剩下父亲和姐姐。父亲在姬川他们到家的前一刻发现了姐姐的尸体。

"当时塔子在什么位置？"

"在我的铺盖边上。"

父亲的话语很清晰，仿佛脑内的肿瘤突然消失了。

"塔子什么时候上了二楼?"

"没多久就上去了。我觉得有点困,就闭上眼睛睡觉,然后塔子就离开我身边,去了儿童房。"

当时姬川全然没有察觉父亲的谎言,隈岛想必也一样。

"塔子坠落时,你听见声音了吗?"

父亲沉默着摇了摇头。隈岛凝重地点了点头。

"你在和室这边,也许的确听不见。"

父亲养病的和室与发现姐姐的后院正好在房子相反的两侧。

"快三点时,我起来了。"

父亲恰好在那个时候决定听从医生和卑泽的反复劝说,准备活动活动身体。

"然后你在玄关穿上拖鞋,去了后院对吧?"隈岛一边做笔记一边提问。

父亲缓慢地点了一下头,回答道:"就在那时,我发现了塔子。"

隈岛问完大人后,不知为何又把姬川单独带到了二楼的儿童房。他们来到忙着取证的工作人员旁边,隈岛蹲下来与姬川四目相对,问了个简短的问题:

"姐姐没跟你说过什么吗?"

那个问题实在太简短,姬川甚至不知道自己究竟有没有答案。隈岛平静地补充道:"比如家人的事情?"

姬川默默摇头,随后想起了什么,开口答道:"她说希望爸爸的病好起来。"

隈岛露出了略显遗憾的神情。

最后，他又问道："你没有瞒着什么吧？"

姬川摇了摇头。

他并不是有意撒谎。关于家人的问题，他并不明白隈岛想问什么，不过那天姬川的确看见了应该告诉警察的某样东西。他之所以没有告诉隈岛，并非故意，而是当时他还没有意识到自己看见的东西究竟意味着什么。

那是血迹，不应该附着在那个地方的血迹。那是证明姐姐的死并非单纯事故的证据。

几年后，姬川才意识到自己看见的血迹意味着什么。在临近小学毕业典礼的课堂上，他突然反应过来，继而毛骨悚然。

他回忆起隈岛对父母说明姐姐的死亡情况时，感觉背上似乎有冰水淌过。

"塔子应该是安装圣诞装饰时不慎坠落，头部恰好碰到了底下的石块。"隈岛沉痛地说。

"她不是当场死亡的，如果能早点发现，塔子也许能得救。这真是一场非常不幸的事故。"

不对。

姬川对记忆中的刑警说出了他不可能听到的声音。

事实不是这样的。

"我能理解两位的心情。"

姐姐不是因为事故死掉的。

母亲是否真的不知道父亲的所作所为？难道只有他察觉了真相？直至今日，姬川都不知道。

姐姐死后不久，父亲就离开了人世。

那件事情发生的第二天，父亲的病情突然恶化，意识越来越模糊。也许是肿瘤对大脑的压迫超过了一定界限。短短一个月后，父亲就在母亲和姬川的守护下安静地离世了。也许在选择家庭临终关怀时，父亲就决定不接受延命治疗了。医生和卑泽等几个护士都守在父亲身边，但他们没有把父亲送进医院，也没有在他身上连接许多管子。可能因为不久前才目睹过姐姐的尸体，所以姬川觉得父亲的死是极其自然的人的死亡。

直到现在，父亲临终的话语仍萦绕在姬川耳边。

"亮。"

昏迷的前一刻，父亲从被窝里伸出宛如枯枝的手，唤了一声姬川。当时靠椅已经被撤到一旁，父亲的身体平躺着。只是，他头上的褐色针织帽依旧没有摘下来。

姬川凑上前去，父亲张开没有血色的嘴唇，似乎想说点什么。他的嘴唇已经干燥得脱了皮。姬川注视着那两片唇瓣，竟觉得它们是另一种生物。

父亲拉着姬川的手肘，让他凑近自己。这时姬川总算意识到父亲有话要单独对他说，便主动凑到了父亲嘴边。

父亲用沙哑的声音说："我做了正确的事。"

然后，父亲就失去了意识。

父亲瘦削的身体被送进焚化炉时，母亲问他父亲当时说了什么。姬川摇摇头，说没有听清。他不明白父亲的话究竟是什么意思，但就是觉得应该这样回答，仿佛这是他与父亲的约定。

现在，姬川已经明白了父亲的意思。只不过，他无论如何都无法赞同父亲的所作所为。不仅如此，一想到父亲的行为，他就怒火中烧。如果父亲活着，他恐怕会穷尽自己的语言去谴责他，大声控诉他的罪行。

5

Good Man的表演定在两周后的十二月二十五日。因为只剩下这次和下周日两次排练机会,乐队成员都练得特别投入。他们把所有曲子都合了一遍,然后把难度高的曲子多合了一遍,再单独加练最不确定的部分,这才结束了两个小时的排练。

"到点了。"谷尾看了一眼手表说。

"好,走吧。"

竹内关掉麦克风说。他皮肤纤薄的脸上已经渗出了一层汗水。

他们跟这里的老板野际相识已久,店里又没有下一拨客人急着用棚,哪怕稍微多用一会儿,应该也不会被说。可是谷尾性格死板,所以Sundowner的练习每次都准时结束。

成员们各自收拾好乐器、效果器、连接线等物品,离开了排练棚。穿过两层房门时,姬川正好跟桂碰在了一起。桂浅笑一下,从姬川身边挤过去先走了。她今天穿着一件T恤,身上的香味擦着他的鼻尖掠过。姬川又想起了死去的姐姐。他们一起在外面玩时,姐姐的身体似乎总是散发着这样的气味。

"姐,辛苦啦。"

来到走廊时,光恰好从右边的办公室出来,桂见到她便挥了挥手。光也用同样的动作招呼了她。不过，她的气场比妹妹忧郁了许多。

"桂，没打错吧？"

"我没有，不过竹内哥忘词了。"

"那是故意的啦，是噱头。"

成员们有说有笑地走过拐角离开了，只剩下姬川和光两个人。

几秒钟的沉默。

"今天上到十二点吧？"

"嗯，从现在开始六个小时。"

"没问题吗？"

光一时间没明白他说什么，但很快点点头，右手轻触自己的腹部。

"没问题。"

随后，她抬起头说："今天我打电话预约了。"

"约的什么时候？"

"下下周的星期一。你只需要在同意书上签字就行，我带来了。"

光瞥了一眼身后的办公室。

"我跟你一起去医院。"

"我一个人可以的，你星期一不是要上班嘛。"

"可以请假。"

"跟你说了可以的。"她的语气意外地强硬。

姬川垂下目光，点了点头。

"好吧。"

二人走进办公室，姬川用桌上的圆珠笔签了光摊在陈旧的传真机上的同意书。他没带印章，不过光已经问过医院了，只需在捺印栏里写名字然后画个圈就好。

"费用要多少？"

"钱你不用管。这是我的身体，我自己付。"

刹那间，姬川身体深处涌出了一股热浪。他压抑着那种感情，低声回答："我来给。多少？"

"可是……"

"多少？"

光躲开了姬川的视线，似乎放弃了，说出了费用。姬川记下了那个金额。

"我还得收拾排练棚呢。"

光把姬川签好的同意书塞进桌上的手提包，转身离开办公室，走进了他们刚才用过的6号棚。

得知自己怀孕时，光并没有提出结婚。

"我想尽快打掉。"

除此之外，她什么都没说。

回到等候区，谷尾正在柜台结算费用。他回头看了姬川一眼。

"亮，你等会儿在舞之屋给我钱就行。"

051

"嗯，不好意思。"

他们每次排练完都要去的舞之屋，位于车站反方向五分钟路程的地方。

谷尾、竹内、姬川和桂，一行四人走出了Strato Guy的大门。冬日的太阳早已西沉，双向两车道的马路另一端亮起了洗衣店的鲜艳圣诞灯饰。

"啊！"桂轻呼一声。

"它还在呢！"她看着地面嘀咕道。

Strato Guy的LED招牌在背后闪闪烁烁地发出灯光，一行四人的身影断断续续地倒映在残留着积水的昏暗路面上。在四个影子的不远处，有一只硕大的绿色螳螂，一动不动地待在那里。

"难道这就是桂来的时候差点踩到的那只？"

竹内弯下腰，仔细打量螳螂。

"应该是。它该不会一直都没有动吧？"

"那它竟然没有被踩到，也太——"竹内突然顿了顿。

"这是什么……"

听了他的嘀咕，另外三个人也仔细打量起了螳螂。

螳螂边上，雨水打湿的深色柏油路面上有一条黑色细长的东西在蠕动。那东西大约有十五厘米，像丝线一样细，跟蚯蚓似的在地上翻滚。姬川不明白那东西为什么会动，因为它看起来完全不像生物。没有腿，没有头，没有花纹。

谷尾似乎发现了什么。

"喂，你们看螳螂的后面——"

说到一半，他的话语变成了低哑的呻吟。姬川把目光从那奇怪的生物转到螳螂身上。三角形的头，绿色的翅膀，小指大小的鼓胀腹部——腹部末端有个黑色的东西。它跟地上那根东西一模一样，仿佛下一刻就要钻出来。一开始，他以为那是螳螂的粪便，但显然不是，因为它在动，一刻不停地蠕动。它一点一点从螳螂的腹部末端爬出来，左右摇晃着脑袋。

"你们怎么围在店门口不走了？"

野际从后面走了过来。他奇怪地看了一眼姬川四人，继而伸头看向地面。

"哇啊……这家伙是铁线虫吧。"他扭曲着骷髅一般的脸叹息道。

"铁线虫？"

竹内用一脸随时都要吐的表情问道。

"就是寄生虫。"野际告诉他。

"这是一种寄生在螳螂肚子里的虫。它们原本生活在水里，幼虫寄生在水生昆虫身上，然后进入吃掉昆虫的螳螂体内，就这样完成生长。不过话说回来，这螳螂还真大啊。"

野际眨眨眼睛，又弯下去仔细看了看。螳螂无力地歪着三角形的脑袋，微微抬起两把镰刀。

"我小时候很爱逗这种虫子出来玩。它本来是栖息在水里的虫子，所以只要把螳螂肚子泡在水里，它就会出来了。也许这里正好有一摊水,吸引虫子出来了。不过这虫子已经长得这么大……螳螂恐怕活不久了。"

——今天我打电话预约了。

姬川耳边回响起刚才光说的话。

"它要死了吗?"桂铁青着脸。

野际慢悠悠地点点头:"要死了。"

——你只需要在同意书上签字。

"螳螂肚子里恐怕已经被吃得所剩无几了。"

——我一个人可以的,你星期一不是要上班嘛。

"真受不了,竟然偷偷钻进别人肚子里。"

Thing, thing, thing in the attic

Thing, thing, thing in the attic

Thing, thing, thing in the attic

就像有人突然把音量调到了最大,周围同时发出了喊声。

所有人都瞪大了眼睛,愣愣地看着姬川。姬川轮流看了看他们,目光再次回到地面。螳螂被他的磨毛短靴踩在底下,只剩一个三角形的脑袋露在外面。姬川抬起脚,绿色的螳螂已经扁了。铁线虫仍在旁边微微扭动着身体。姬川对准虫子,又一次踩了下去。"啊啊啊——"四个人口中发出了比刚才微弱一些的喊声。

"亮,你……干什么呢!"竹内绷着脸问。

"因为螳螂太可怜了。"

他喃喃着，在积水里蹭了蹭鞋底，迈开步子走了出去。片刻之后，其他成员也跟了上来。

所有人都陷入了沉默。

姬川开始回忆。

他做了避孕措施，一次都没有疏忽。

一次都没有。

今天来工作室前，姬川还去了一趟图书馆，因为他想查一个东西。他在《百科事典》的生殖医学页面上找到了那个信息。

安全套的避孕成功率约为95%。厚厚的百科事典一角写了这么一行字。那剩下的5%究竟怎么回事？他在哪儿都没有找到解释。

安全套的破损。从物理层面，只能这样想。

不过，真的是这样吗？姬川不明白那个95%的数值是怎么调查出来的，也许只是单纯的问卷调查，除此之外还能有什么方法呢？那么剩下的5%，也许有故意欺瞒或者背叛的数值。姬川无法控制自己往这方面想。他越是控制，就陷得越深。光的面容在脑中严重扭曲，姬川体内灼热的感情几乎要不受抑制地迸发出来。

"姬川哥，你怎么了？"

桂从身后追上来，跟姬川并肩走在一起。西餐厅的招牌灯光照亮了她脸上的担忧，使她的额头在一片暗淡的景色中显得异常白皙。

他肯定没有资格说什么。

无论事实如何,他都没有资格责备光。因为从两年前起,他每次与光温存,紧闭的眼睑之下浮现的都是桂的面孔。这样的他毫无资格责备光。

6

"话说,下次表演正好是圣诞节,在演奏前播放鬼故事好像还挺凑巧啊。"

他们坐在舞之屋的包厢里,谷尾喝着兑水的烧酒,又提起了竹内的《电梯里的东西》。

"虽然日本的习俗是夏天讲鬼故事,不过英国都在冬天讲,尤其是圣诞节这段时间。"

谷尾虽然外表粗犷,实际是个爱好读书的人。可能是受到父亲职业的影响,他最常看的是推理小说,但其他领域的阅读量也绝不算少。

"嗯?"桂叼着烤鸡肉串哼了一声。

"说起来,《圣诞颂歌》也是圣诞节幽灵的故事呢。"

"那当然了。"谷尾大咧咧地说着,看向竹内。

"你相信幽灵这种东西吗?"

"嗯,算是相信脑子里的幽灵吧。"

"那是什么啊?"

"精神中的幽灵。"

说着,竹内勾起了嘴角。姬川想,他恐怕又在说什么高深的东西了。他有个年龄差距比较大的姐姐,现在是神奈川县平塚市一家大学医院的精神科医生。受那个姐姐的影响,竹内知道不少心理学和精神医学的东西。

"'看'和'听'的行为很容易受到情境效应的影响。所谓情境效应,就是人受到已有经验或者上下文的影响,从而改变当前知觉的现象。比如——"

竹内从牛仔裤后袋掏出歌词小抄,跟桂借了圆珠笔,开始在背后画图。他的用笔十分熟练。

"这就是著名的'鼠男'的画。你瞧边上这两个。"

谷尾和桂分别从左右伸头看画,姬川从正面凑了过去。

"跟动物排列在一起时,它就像老鼠;可是跟人脸排在一起时,它看起来就像一个大叔的脸。其实它们是完全相同的画像。"

"原来如此。"

"真的呢。"

谷尾和桂同时点头。竹内用圆珠笔屁股敲了一下纸上的画。

"所以我刚才的意思是,我相信这样的幽灵。那些害怕地想会不会有幽灵跑出来的人,脑子里真的会生出幽灵。黑暗中一个很普通的东西会看起来像惨白的人脸,树叶摩擦的声音就像什么人的轻声细语,就是这个道理。"

竹内抬起头,继续解释道:"情境效应再加上命名效应,幽灵就会拥有清晰的外形。"

"命名效应是什么?"谷尾认真地问。对这种话题,他丝毫不会厌倦。

"再用这幅画举例,如果只看'鼠男',脑子里认定'这是老鼠',那么只要不刻意改变自己的看法,无论怎么看都只会觉得它是老鼠。反过来,如果认定'这是大叔',那眼睛就只能看到大叔。这就是命名效应。说是老鼠它就是老鼠,说是大叔它就是大叔。"

谷尾和桂听得连连点头。"顺带一提,"竹内插了一句,然后举着圆珠笔指向谷尾,"你只有三十岁,但怎么看都是大叔。"

谷尾气得正要反驳,桂却抢先一步特别严肃地说:"是不是因为胡子啊?你看你脸上的邋遢胡子,要是早上刮干净点,可能会大不一样哟。"

这话可不能说。别看谷尾这样,他每天早上都特别认真地刮胡子。可是无论他怎么努力,到了下午还是会长出来。谷尾瞥了桂一眼,用拇指抚摸着长出来的胡子。不,不应该说他邋遢,因为他一点都不邋遢。

"我就喜欢这样。"谷尾压低声音说完,举起装了烧酒的酒杯。里面的梅干随着他的动作翻了个身。

脑子里的幽灵。

姬川的脑子里也有幽灵。姐姐的幽灵、父亲的幽灵——萦绕不散的、两个故去之人的脸。

"你是……亮?"

背后有人叫了他的名字。

"哎,果然是你。我看见吉他盒,就猜是你呢!"

"啊……你好。"

醉客在后面喧闹,此刻面对姬川露出微笑的人正是隈岛——二十三年前,负责调查姐姐死亡案子的刑警。不,那并非案子,而是事故。无论是对外还是对内,这都是既定事实。

"今天也去排练啦?那个斯特拉那边的工作室。"

"是Strato Guy。对,我们刚刚练完。"

大约十年前,隈岛调离辖区警署,进了县警总部的调查一课。他应该已经快退休了。原本刚强的形象渐渐圆滑,以前精悍的面孔上也多了许多肥肉。最近那些肉又消减下去,使得松弛的皮肤更明显了。

那件事之后，隈岛不时跟姬川见上一面。以前他跟母亲一起住时，隈岛经常拜访他们的公寓。姬川离家独立之后，隈岛也偶尔约他出来喝一杯，或是去看他演出。这家便宜又好吃的舞之屋也是隈岛介绍给他的。

姬川上高中时问过隈岛为什么要见他。

"不为什么，就是有点担心你。"

隈岛是这样回答的。那也许是他的真心话。但是姬川猜测，他的真心背后，在某个不起眼的角落里，说不定潜藏着隈岛自己都没有意识到的想法。

那天，隈岛蹲在地上，目不转睛地看着小学一年级的他。

"姐姐没跟你说过什么吗？"

也许，隈岛内心至今仍有一丝怀疑。

"比如家人的事情？"

他应该很想弄清那件事的真相。

尽管如此，姬川没有回避与他见面。事已至此，事故不可能变成案子，还是不要多想为好。

"这次的演出我也要去看。下下周对不对？听你们的演奏，心情真的会特别畅快，非常畅快。"

隈岛弓着高大的身躯，对其他成员也笑了笑。他们三个含糊地点了点头。隈岛第一次来看演出时，姬川说他是亡父的朋友。他当然没有说那个人是刑警，因为乐队成员并不知道那件事。

"没什么了不起的，只是个模仿乐队而已。"姬川苦笑着说。

"不管是不是模仿，能弹乐器、会唱歌就很厉害啦！你看我，连和太鼓都不会打。"

隈岛兀自点头，眨巴着跟那张大脸不成比例的小眼睛。姬川听说和太鼓看似简单，想打好其实很难，但什么都没说。

"今天你那个叫光的女朋友没来啊？"

隈岛故意装出泄了气的样子。姬川点点头，忍不住转过去看了看另外三人。他对上了桂的目光。桂似乎吓了一跳，慌忙移开了视线。

"隈岛先生，你在工作吗？"

"怎么可能？工作不饮酒，今天休假。"

"怎么休假还穿西装啊？"

隈岛低头看了看身上松垮的西装。

"我被派去送领导出差了，到成田机场。开署里——"他面不改色地改了口，"开公司的车跑了一趟来回。我在休假了，他们都不让我休息，那公司真是的。"

"真是辛苦你了。啊，这是演出的门票。"

"哦，谢谢。"

姬川递给隈岛一张印着"Good Man"几个大字的红色门票。隈岛小心翼翼地接过去，从钱包里拿出两张千元钞票。姬川正要找钱，却被他大手一挥制止了。

"你留着吧。那就下下周再见啦，我可期待了。"

隈岛抬起体毛浓密的手向他道别，然后左右摇摆着走向了收银台。他可能担心聊太久会暴露身份吧。

"那个人经常来看表演,真是很感谢他啊。"

谷尾用一次性筷子戳破了杯子里的梅干,咧嘴笑着说。

"在舞台上看着他高大的身影使劲摇摆,自己也很开心。"

谷尾要是知道隈岛跟他父亲是同行,不知会作何感想。

7

"你那天为什么要一直问我问题呢？"

上初中时，姬川经常追问隈岛。姐姐死去那天，他为何要反复问自己同样的问题。

——你没有瞒着什么吧？

——比如家人的事情？

可是姬川每次问他，隈岛都只是含糊地摇摇头搪塞过去。

"这种事不能说。"

尽管如此，姬川还是很在意。当时隈岛究竟想从他这里问出什么？他想确认什么？在姬川上高三时，隈岛终于受不了他的坚持，不情不愿地开口了。

"其实我们发现你姐姐的遗体有点问题。"

"问题？"

"那天，我们把你姐姐的遗体送去解剖了。法医正好有空，很快就完成了解剖。然后……就发现问题了。"

隈岛一直不说问题是什么，所以姬川脑中充满了猜测。莫非姐姐后脑勺的伤口与后院的石头不一致？还是脖子上发现了勒痕？难道……

可是，他都没猜对。

隈岛最后告诉姬川的事实，跟姐姐的伤口、姐姐的死因没有任何关系。那是个经不起细想的可怕事实。姐姐身体的问题，在于表面看不见的部分。

隈岛三言两语说完后，重重地叹了口气。

"所以我那天才问了你关于家人的事情。你跟姐姐睡在同一个房间，说不定察觉到了什么。"

早知道就不问了。

姬川至今仍在后悔。

早知道就不要问姐姐的解剖结果了。

"下周见。"

走进大宫车站后，竹内塞上耳机，回头对他们说。

"跟今天一样是四点。最后一次排练了，你们可别迟到啊。"

谷尾瞪了他一眼，竹内轻飘飘地摆摆手，走向野田线的站台。

大宫车站的新干线与私营铁路线路有八条。竹内住的一居室公寓在野田线中间站，谷尾住的公寓在宇都宫线沿线，光与桂合住的地方和姬川的住处都在高崎线沿线。所有人从家里过来都不超过三十分钟，所以大宫站最适合乐队排练和聚餐。

"走啦，今天辛苦了。"

姬川对谷尾摆摆手，跟桂一起走向高崎线站台。刚过晚上十点，车站里挤满了人，夹杂着醉酒的人。

"他一说最后的排练,我就有点紧张呢。"

桂走向站台楼梯,一只手揉着额头。这是她兴奋时的习惯动作,每次演出当天她的额头都要被揉成粉红色。

"紧张也没用,反正就是个模仿的乐队,来看演出的都是熟人。"

"姬川哥,你经常这么说呢。"

"说什么?"

"反正是模仿的乐队。"

被她这么一说,姬川有点措手不及。他好像的确经常说那样的话。

"模仿和翻唱有什么不好,只要开心就好呀。"

桂用双手食指做了个打鼓的动作,最后用手掌拍了拍姬川背后的吉他盒。她那孩子气的脸一笑,就让人感觉那个笑容像飘浮在空气中。

一开始,姬川的想法也一样。他能够一门心思地弹吉他,满腔热情地玩乐队。当然,他现在也很喜欢弹吉他,一旦融入了桂的鼓、谷尾的贝斯和竹内的歌声,就能忘记所有的烦恼。可是,他已经三十岁了。对模仿还乐在其中,还为复制别人而感到快乐,每当这样想,姬川就会突然感到空虚。而且,他每次都会想起姐姐。

小时候,姐姐还活着时,姬川就很爱模仿姐姐。可是,他模仿得并不好。无论是剪刀、彩铅还是蜡笔,姐姐都用得比姬川熟练。现在想来，这样的事放在相差两岁的孩子身上其实是理所当然的，可是对当时的姬川来说，这种"理所当然"让他万分不甘。他看见姐姐在画纸上画出漂亮的动画人物，就会自己偷偷尝试，然而怎么画都不像电视上会动的原版，最后气得他一口咬住了彩铅。母亲很会画画，也许母亲的天赋都跑到了姐姐身上，只给他留了一点残渣。一想到这里，姬川就特别伤心。

后来，姐姐突然死了。接着，父亲也死了。

姬川干脆假装起了姐姐。

他这么做，是为了让母亲高兴起来。姐姐和父亲死后，母亲就变了个人，再也不笑了。她也不想看见姬川了。姬川难以忍受母亲的变化，所以开始更积极地模仿姐姐。父亲与姐姐的死一定给母亲造成了巨大的打击，那两个人的离去一定让她万分痛苦。他虽然模仿不了父亲，但可以模仿姐姐——这就是他的想法。姬川看完了姐姐喜欢的少女漫画，向母亲汇报感想；他独自练习姐姐生前擅长的竖笛，然后在厨房吹给母亲听。姐姐尤其喜欢画画，于是姬川就画了好多画给母亲看。房子、大海、巡逻警车、奔跑的马等。可是母亲一点变化都没有。不仅如此，她对姬川还越来越冷漠了。

再后来，姬川就放弃模仿姐姐，也放弃让母亲高兴起来了。

就这么放弃到了现在。

"这个借给你，演出之前还给我。"

桂双手绕到颈后摸索了一会儿。

"它有平静内心的效果哟。"

她递过来的是一条环状细皮绳。不对,皮绳下面还挂着一颗水滴状的石头,通透美丽的乳白色石头。

"这是什么?"

"月光石。"

"哦……你还会戴这种东西啊。"

他还以为桂不怎么戴首饰。

"我一直戴着,只是不喜欢露在衣服外面。那是生于六月份的我的诞生石。"

桂把带着一丝体温的月光石放在了姬川的手心。

"带着它就不会胡思乱想了。"

"胡思乱想……"

姬川忍不住把脸转向了前方,担心自己没控制住表情。

他轻轻握住桂的月光石,对她道了声谢。

"啊,但是你只能放在口袋里哟,千万不能戴起来。"

"为什么?"

"什么为什么啊——"桂整理好围巾,笑着说,"让姐姐看到了,不就没法解释了吗?"

"可你是她妹妹啊。"

"这是女人的问题,无关姐妹。我们目前为止还没闹过那样的问题。"

桂双手插进羽绒服口袋,抬头看着通往站台的楼梯补充道:

"也许，今后也不会。"

姬川把月光石项链塞进了牛仔裤口袋。

"姬川哥，你看……好多人啊。"

楼梯上方，高崎线的站台上挤着许多乘客，还能听见车站断断续续的广播。由于人声嘈杂，他听得不甚明了，但勉强弄清了因为人身事故电车暂时停运的信息。这时他想起来，之前好像听到过几次广播，原来说的就是这个。

"来的时候有人身事故，回去的时候又有人身事故……姬川哥，怎么办啊？"

"还是先去站台看看吧。"

他们并肩走上了台阶。

"哇……好多人啊。"

凑近一看，站台比他想象的还要拥挤。一个白领打扮的高大男人与姬川擦身而过，肩膀碰到了吉他盒，还毫不掩饰地啧了一声。

"还是躲到那边去吧，演出前吉他坏了可不得了。"

桂从站台边缘探出身子，指了指前方。那边的人似乎少一些。高崎线的电车车厢数并不固定，有时能停满整个站台，有时车厢少，都停不到站台前端。下一班想必是车厢数较少的电车。

姬川护着吉他盒，紧贴着桂在站台上移动。

"大冬天的，都挤出汗了。"

二人像被人群吐了出来一样，跌跌撞撞地来到了站台前方。桂摘掉围巾，让冷风灌入羽绒服领口。周围突然没有了人群和喧嚣，站台屋檐之外露出了没有云的夜空。清冽的月牙高悬在轨道之上。姬川卸下肩上的吉他盒，呆呆地看着月亮。这时，桂走到他身边，吸了吸鼻子，吐出白色的气息。

姬川有时会想，桂很像他死去的姐姐。

也许正因为这样，第一次见到桂时，他才会被强烈地吸引，因为她很像夭亡的姐姐。但每次这样一想，姬川都会马上否定自己。姬川对姐姐的印象已经非常模糊了。有说有笑、充满活力的姐姐已经成为遥远的往事。他一定是对喜欢上光的妹妹产生了罪恶感，才会无中生有地找出桂与姐姐的相似之处，以求自我原谅。一定是这样。

"你听姐姐说过我为什么叫桂吗？"

姬川一时没听懂她的问题，但是不等他反问，桂又说了下去。

"桂其实就是月亮。"

"哦——"原来是说名字的由来。

"桂原本是神话传说中生长在月亮上的树，后来渐渐用于指代月亮了。这个名字是爸爸给我起的。"

"原来是这样啊。"姬川抬头看了看月亮，又看向桂。

"可是，桂怎么是月亮呢？"

"都说了，月亮上有一棵树，树的名字叫桂——"

"我不是说那个，是说你。为什么你是月亮呢？"

桂恍然大悟,然后咧嘴笑了。

"因为姐姐是光啊。"

她的大眼睛似乎短暂地倒映出了月光。不过,那一定是车站的灯光或大楼窗户里透出的光。

"初中上理科的课,学到月亮为什么会发光时,我还有点生气呢!因为我突然觉得自己成了姐姐的配角。"

桂又吸了吸鼻子,吐出白色的气息。

"事实上,我的确像是姐姐的配角。能进乐队打鼓,也是因为姐姐不想打了。"

"我喜欢桂打的鼓,竹内和谷尾都这么说。我们乐队都是靠桂维持下来的。"

"虽然只是个模仿乐队。"桂故意调侃道。

桂从腰上的收纳袋里抽出鼓槌,有节奏地敲打起了眼前的空气。那是曲子的节奏吗?因为没有声音,他猜不出来。桂敲了一会儿看不见的鼓,最后从左到右连着打了一通,双臂突然无力地垂了下来。

她整个人转向了姬川。

"姬川哥,你喜欢我对不对?"

他以为桂在开玩笑,然而她的表情很严肃。她刚才的微笑已经消失无踪,双眼笔直地看着姬川。

"不行哟。"她平淡地说。

那一刻,姬川被自己的回答惊呆了:"为什么?"

桂的表情微微扭曲，露出了悲伤的神色。不过，她的目光依旧很严肃。

——螳螂肚子里恐怕已经被吃得所剩无几了。

欺瞒的5%。

——真受不了，竟然偷偷钻进别人肚子里。

背叛的5%。

不知不觉间，姬川走向了桂。他双手搂住桂纤细的腰肢，将她拉向自己。桂没有抵抗，他感到很不可思议。

他轻嗅着桂的脖颈散发出的柔和气味，不经意间抬起头。对面站台有一辆电车进站了。在挤向车门的人群中，姬川看见了一个熟悉的东西。那黑色细长的东西，突兀地从人群的头顶上方冒出。

那是贝斯的收纳袋。

* * *

深夜零点三十二分。

光走进玄关，打开了餐厅的电灯。屋里的两扇房门中，有一扇已经关上了。门底没有透出灯光，桂应该睡了。

光冲了个澡，疲惫地躺在自己房间的床上。她把浴巾扔在床头柜上，翻身赤裸着趴在床上，双手垫着脑袋。

墙上贴着一张海报，上面的吉米·亨德里克斯正在焚烧吉他。光一直觉得那张海报只要沐浴在月光中，就会有种神秘仪式般的美感。无奈她房间窗户的角度不好，跟旁边桂的房间不一样，一年到头都照不到月光。

三个月前，光见到了失去音信十几年的父亲。

她没有对任何人说起这件事。包括桂，以及姬川。

野际在机缘巧合之下，从年轻时玩得好的音乐朋友那里听到了她父亲的消息，并帮她联系上了。父亲现在的住址竟然就在埼玉市内，从Strato Guy开车过去只要三十分钟。

"可是小光，你也可以不去见他。"

野际当时的态度很不干脆。

然而，光不可能改变去见父亲的想法。她就是为了见到父亲，才在Strato Guy工作的。她相信只要待在这里，总有一天能联系上父亲，而那一天终于让她等到了。

他是个糟糕的父亲。他在光读初中时与光的母亲离婚，从此到处吃女人的软饭，偶尔才会回来看看光和桂。

尽管如此，她们还是只有父亲了。她和桂都很喜欢父亲。不得不这样。光和桂的心底，总有着父亲的身影。父亲教她们打鼓，听她们说微不足道的事情，像朋友一样一起哈哈大笑。最重要的东西都是父亲教给她们的。至少，光和桂如果不这样想，就无法支撑自己生活下去。

当她要求去父亲的住处时，野际犹豫了一会儿。不过，他最后还是默默点头了。

当天，光离开家时没有对桂提起这件事。她要先单独去见父亲，把握了父亲的现状之后，再安排父女三人见面。

通过野际的提前联络，她与父亲在夜晚的公园碰面了。

然而，那天来见她的父亲，并不是父亲。

从前，父亲的头发总是蓬乱得像是从哪里钻出来的一样飞向四面八方，现在竟被散发着香气、低调不恼人的发胶固定得整整齐齐；原本关节突起的手指上不少于三个的粗大戒指不见了，倒是左手无名指多了个纤细的银色戒指；用手势代替形容词说话的习惯也消失得无影无踪，嘴边始终浮现着仿佛在参加面试的僵硬微笑。

"我有个女儿。"

他说这句话时，脸上带着恐惧的表情。

"下个月就一岁了。"

光突然感到心里空荡荡的。然而，那并不是卸下重担的轻松，而像是被迫扛起了名为空虚的巨大负担，其他的所有感情都被挤走了。

"我一直很想见你。"她注视着父亲的双眼，平静地说。

"我和桂都是。"

"我也想啊。"父亲说完笑了。

那一刻，光看见父亲眼底闪过了一丝算计的神色。那一刻，父亲在脑中飞快地计算了自己的话会给对方造成什么效果，然后掩饰了真心，说出了计算结果。光第一次在父亲眼中看见如此令人讨厌的神色。那仅仅是一瞬间——块状黑色粉末一旦飘散在风中，就会迅速融入周围的空气，再也无法看清一颗一颗的粉末。可是在起风之前，光确实看见了那团块状的黑色粉末。

那一刻，光感到自己珍藏在心中的细细丝线，悄无声息地断裂了。她十几年来无比珍视的那个敬仰父亲的自己，就这么轻而易举地崩溃了。

然后，什么都没有剩下。

"保重。"

光留下这句话，转身走开了。父亲抬起比最后一次见面时多了些赘肉的脸，挤出一个丑陋的笑容，像与公司上司打招呼一样伸着脑袋，朝她抬起了一只手。那像是他下意识摆出的动作。那个瞬间，光心中涌出无数的咒骂和轻蔑，几乎要喷涌而出。可是那些情绪还来不及涌上咽喉，就被占据胸口的巨大"空洞"吸收殆尽，消失得无影无踪。最后剩下的，依旧只是空虚。

光笔直地看着前方，顺着昏暗的公园小道折返。秋天的虫子在树丛里低声鸣叫。她回想起读小学时，父亲曾在晚上带着她和桂到橡树林里捉独角仙。那天，橡树林下面的草丛里也有许多看不见的虫子在鸣叫。湿润的蘑菇钻出土壤，空气里充斥着树液的气味，黑夜中他们发出的声音显得异常响亮。偶尔看见树丛颤动，光和桂就会故意怕得发抖，假装那里有熊。父亲或许也故意摆出严肃的表情，定定地注视着那个方向。她记得那天没什么月光，颤动的树丛宛如一块剪影。直到现在，光都认为那片树丛的另一头潜伏着大熊。那是一片夹在农田与民宅中间的小树林,她知道不可能有熊出没。可是,只要她一直这么想,那里就一定有可怕的熊。她与桂在父亲的带领下体验了一场转瞬即逝的冒险,试图逃离危险,存活下来。这正如断绝音信的父亲在二人见面之前,在光心里一直都是个随心所欲的人。她本不该拨开那片树丛,不该去看树丛之后究竟潜藏着什么。

"我刚才看见铁线虫了,难得一见啊。"

今天Sundowner练习结束后,野际从Strato Guy门口走回来,说了这么一句。

"铁线虫?"

光反问了一句,野际简单解释了那是一种像丝线一样细的虫子,寄生在螳螂肚子里,最后掏空螳螂的身体将其杀死。听到那番话时,光马上想到了自己的身体,那个正在一点点长大的生命。她出于想要找回父亲的含糊而自私的欲望,主动制造的生命。只要再过一个多礼拜就要消失的生命。

"会感冒哟。"

一个声音传来。光回过头,桂正透过门缝看着她。

"没关系,我会穿睡衣睡觉。"

桂无声地穿过房间,走进了厕所。门上的方形小窗透出了黄色的灯光。

妹妹也许已经发现姐姐的生理期停了。因为早在很久以前,二人的生理周期就完美重合在一起。生活在一起的女性通常会这样互相影响。

可是桂什么都没问。光感到安心的同时，又有点提心吊胆。

桂该不会察觉到光肚子里的孩子，究竟是谁的了吧……

第二章

有老鼠
有老鼠
不用看脚下
看了也没用
它在你心里
他在你心里
——Sundowner *A Rat in Your Head*[*]

* 意思是"你心里的老鼠"。

1

只凭杀意，人无法成为杀人者。杀意与杀人之间，还存在着许多偶然。第一次跟桂上床的一个星期后，姬川意识到了这个事实。

姬川背着吉他盒，在高崎线的车厢内眺望着窗外的景色。今天的云很低，灰色的云层下，高耸的建筑物不断朝两边飞逝。高层建筑的线条偶尔断开，变成陈旧的民宅。下一刻，配备了宽阔停车场的购物中心又映入眼帘。他在高崎线沿线生活了二十三年，城市的景色已经变化了不少。

他想起一个星期前消失在轨道另一侧人群中的，谷尾的那个黑色贝斯袋。从那以后，谷尾就再也没有联系过姬川。

他究竟看没看见呢？

姬川知道谷尾一直对桂有好感。谷尾本人并没有明说，但他是个不擅长掩饰内心的人。姬川和竹内早就发现了，也许桂自己也有所察觉。

今天他要在Strato Guy跟谷尾和桂碰头。他暗自决定，要像平时一样跟他们相处。

那天晚上，姬川一路把桂送到了家中。他来过这里好几次，但那次是他头一次走进餐厅隔壁的桂的房间。那个房间没什么装饰，色彩也很单调，月光透过纤薄的窗帘柔柔地倾洒在床上。桂的床与隔壁光屋里的床一样。桂不在的时候，他跟光在隔壁温存过。

桂从头到尾都没有说话。在电车里，从车站走到出租屋的路上，走进房间，姬川抱紧她的时候，她都没有说话。她的唇也没有回应他。在眼睑紧闭的黑暗中，她的呼吸略显凌乱，姬川觉得，那应该是她难以形成话语的抗拒。

"算了吧。"他决定道。

姬川放开了桂的唇，轻叹一声，又松开了环绕在她背部的双手。他退开一些，看向桂的脸。那一刻，就在他眼前，桂的表情微微扭曲了。那个变化出乎他的意料，仿佛小孩子大哭之前的忍耐。下一个瞬间，姬川感到桂的双臂紧紧抱住了他。桂的唇紧贴上他，舌头好似小鱼钻进了他的口中。那鱼儿怯生生地扭动了几下，很快又逃走了。

"可以啊。"

桂第一次开了口。短短两句话。

"没关系。"

每脱去一件衣物，露出底下的肌肤，姬川都能闻到孩子般甜美的香气。明明是两姐妹，二人的身体却截然不同。桂纤细的身子在姬川的指尖与唇瓣之下显得特别安静，除了偶尔好似痉挛的颤动，桂一直用手背捂着嘴，静静地屏着呼吸。也许是因为她在与姐姐生活的地方被姐姐的男朋友抱在怀中，所以有种强烈的罪恶感压抑着她。不同于表面的反应，桂让姬川感到惊讶。姬川眯着眼注视着她白皙的身体，突然产生了一种预感。

他感觉有点奇怪。

"桂。"姬川忍不住凝视着她。桂带着略显僵硬的笑容抬头看着姬川。

"吓了一跳吗？"

说完，她的笑容有了一丝阴影。姬川的预感应验了。

二十五岁的桂，还是处女。

随着姬川的动作，桂的表情因疼痛扭曲了。可是她的双腿紧紧缠绕着姬川的腿，手臂用力抱紧了他的肩膀。

"其实不算什么阴影，我只是有点害怕男人的身体，怕着怕着就到了这个年纪。"

结束之后，桂对姬川道出了原委。

"小学一年级时，我看见爸爸对妈妈做奇怪的事情了。不是在这里，是我们一家四口住在大公寓的时候。"

跟姬川分开后，桂的语气变得有点陌生。

"不是有一种关系是施虐和受虐嘛。现在想来，爸爸应该是施虐那一方。但我觉得，妈妈肯定不喜欢那种事。无论怎么想，那天的母亲是真的在抵触，真的在害怕。"

某个深夜，桂发现父母卧室的门开了一条缝，于是朝里面窥视。她看见赤裸的父亲正在伤害赤裸的母亲。

"爸爸把带铆钉的皮带缠在手上,弄得妈妈背后全是伤。他没有殴打妈妈,而是慢慢地,一点点地施加伤害。当时我觉得爸爸一定是疯了,心里害怕得很。我马上离开门缝,悄无声息地回了自己的房间。"

然后,桂蜷缩在被窝里,睁着眼熬到了早上。

"这件事我连姐姐都没告诉过。要是看见那种光景,姐姐应该不会像现在这样到处寻找爸爸了。我猜,妈妈跟爸爸离婚,也是因为他的怪癖。"

然后,桂再没有说话。

桂赤裸的身体沐浴在窗帘洒进来的月光下,显得无比光滑而洁白。除了胸口伴随着有节奏的呼吸起伏,桂一动不动,甚至伸展在床单上的指尖都毫无动静。

姬川与桂并排躺在狭窄的床上,沉默了许久。

他的脑子里一片空白。

"姐姐应该快下班了。"

桂转过头,看了一眼枕边的时钟。数字显示器的光打在她的侧脸上,让她的脸异常苍白。她像累了似的,缓慢地眨了眨眼。

"我走了。"姬川坐起身,开始穿衣服。

"我们还在上小学的时候,"桂在背后喃喃道,"家里给买了豚鼠,两只母豚鼠,就像我跟姐姐一样。可是有一天,我们上学时,其中一只死了,就被爸爸扔了。"

"他扔掉了豚鼠的尸体?"

"对。不过爸爸为了不让我们发现,又在宠物店里买了一只差不多的豚鼠放进笼子里。这件事,我一直都没发现。"

姬川不明白,桂为什么会说起这件事。

"那你什么时候发现的?"

"过了几个星期,在他喝醉酒的时候,爸爸自己告诉我们了。"

"你肯定大吃一惊吧?"

"我的确吃了一惊。"

桂注视着时钟的光芒。她的前发在青白色的光芒中摇晃。

"但是姐姐从一开始就发现了,从她看见爸爸新放进去的那只豚鼠的瞬间,就意识到了。她还说,她专门到楼下的垃圾场翻找了厨余垃圾的袋子,果然找到了豚鼠的尸体。"

桂究竟想说什么?

"桂……"

她突然抬起头说:"我觉得,姐姐会发现的。"她的目光既像是在寻求帮助,又像在抗拒。

姬川什么都没说。他觉得现在除了安慰和辩解,他什么也说不出来。所以姬川无声地弯下腰,亲吻了桂。他持续了好一会儿,桂始终紧紧咬着牙。

后来,姬川直起身,离开桂的床边,然后离开了房间。他穿过昏暗的餐厅,在玄关套上短靴,就在他直起身的那一刻,桂赤裸的身子撞了上来。随后,她放声大哭。她的双臂死死抱住了姬川的身体，不让他转过身来。她哭了好久好久。

姬川把手伸进牛仔裤口袋，指尖轻轻描绘着小小月光石的轮廓。这是那天桂交给他的项链。
低矮的灰色天空在窗外流动。
这一周来，姬川都没有跟光见面。他没有联系她，光也没有主动联系姬川。前天，姬川跑业务时去了一趟银行，从自己的账户里取出了上周光在Strato Guy说出的金额。他将装了钱的信封对折，塞在牛仔裤的后袋里。他打算今天见到光时交给她。
电车开始减速，缓缓停靠在大宫站之前两站的地方。姬川调整了背上的吉他盒，逆着混杂着家庭和学生的人群走出了站台。时间临近下午三点，他们约定在Strato Guy集合的时间依旧是下午四点，还有一个小时的宽裕时间。
他走出检票口，下了台阶，上了大路后拐进岔路，盯着灰色的地面一直向前走。走着走着，周围的高层建筑逐渐减少，空地和旧民宅越来越多。
姬川脑中隐隐浮现出母亲的脸。
没有表情的，母亲的脸。
姐姐死了。父亲死了。母亲脸上没有了笑容，也不再看姬川，无论是说话时，还是听话时，甚至在她不小心用菜刀狠狠切到中指那次也一样。姬川明明就在旁边，母亲还是用右手紧紧握住中指，任凭鲜血滴落在衣服和地板上，面色苍白地盯着电话机。她既没有说帮帮我,也没有叫他联系救护车。所以,姬川并没有马上注意到母亲受伤。后来姬川看见母亲一屁股坐在自己的鲜血上,才慌忙拿来急救箱给她的手指止血,并叫了救护车。在那段时间里,母亲也只是抿着嘴,目不转睛地看着自己的手指。

姬川至今仍记得自己第一次恳求母亲的事。那是他上高二那年的夏天。

他想上大学。入学后他会申请奖学金,然后靠打零工赚一部分学费,所以想请母亲支援他不够的部分。可是,母亲的回答格外简短。

"我没有钱给你花了。"

即使在那一刻,母亲也没有看他。

他究竟做错了什么?他什么都没做。不是他摧毁了母亲的人生,母亲应该很清楚这点。不是他夺走了母亲生活的希望,不是他。

姬川停下脚步,抬起了头。在阴沉的天空下,那座被时代遗忘的木制两层建筑看起来比以往阴沉许多。一楼和二楼的外部走廊共有五扇漆皮剥落的门。一楼最内侧的门上贴着用马克笔写的"姬川"名牌。

这是姬川和母亲二人生活过的公寓。母亲卖掉家里的房子后,就带着小学一年级的姬川搬进了这个两居室。现在只有母亲一个人住在里面。

高中一毕业,姬川就搬走了。但他不放心孤身一人的母亲,就不时来这里看看。母亲不会给他端茶、送点心,却也不会将他拒之门外。她每次都默不作声地让姬川进门。

然后，一直保持沉默。

按下门铃，屋里响起闹钟似的巨大声响。

母亲宛如一尊石佛，端坐在起毛的榻榻米上，像是已经被人遗忘了几十年的灰色石像，彻底没有了表情的石像。

一直都这样。

姬川问母亲的近况，母亲苍老憔悴的脸始终对着矮桌的桌面，缓缓摇了摇头。她似乎在说没什么变化，又好像在说问了也没用。

一直都这样。

母亲的双眼浑浊不堪。那是一直活在过去的人的眼睛。那双眼睛映出了母亲破碎的、永远无法修复的心。

房间凝滞的空气中充满了颜料的气味。地上摆满了母亲画的水彩画，在草地上奔跑的姐姐、在桌边托着下巴的姐姐、张开嘴大笑的姐姐、向右歪着头注视着某一点的姐姐。姬川总会按照这个顺序轮流审视那些画，最后目光停留在墙边的那个画框上，那个玻璃破碎的画框。那天母亲买回家、在门口摔碎的画框。画框里有一幅画。白雪皑皑的背景上，有个微笑的圣诞老人的特写。有着姐姐模样的、可爱的圣诞老人。那就是出事那天母亲在厨房画的画，是母亲送给姐姐的圣诞礼物。

过了一会儿，姬川站起身，绕开地上的画走出潮湿的房间。

他一如往常地回过头，说出同样的话语。

"我做错了什么？"

母亲又一次摇头。

姬川走出房间，穿过短小的走廊，在门口穿上鞋，推开沾满油污的大门，伴随着合页的嘎吱声走出门外，深吸了一口气。那一刻，他感受到了悲凉的解脱。这是他重复了无数次，连意义都不复存在的一幕。同一段画面的反复播放。毫无变化的母亲，已经放弃了追求变化的姬川。

只是，这回并不一样。

他清楚地感觉到了内心深处的黑色旋涡。他以前从未有过这种感觉。

——今天我打电话预约了。

他反手关上房门，抬头看向昏暗的冬日天空。低矮的云层几乎要将他压垮。

——你只需要在同意书上签字。

他感到心中响起了一个声音。

——真受不了，竟然偷偷钻进别人肚子里。

下一刻他就意识到，那是杀意开启的声音。

2

　　父亲自从选择了居家疗养，就整日呆视着房间的墙壁。但有一天，他少见地对姬川说了一番像是训导的话。那段对话直到现在他都没有忘记。那天，姬川坐在父亲的被褥旁，正漫不经心地翻看着他从书架上找到的画集。

　　"这个好像找错游戏一样呢。"

　　姬川翻到其中一页，回头对父亲说。父亲瘦削松弛的脸转向姬川，疑问似的皱了皱眉。他把画册转向父亲，指着页面说："这张画还有这张画。"

　　他当时自然是不知道的，后来回想起来，才意识到那是梵高的画集。父亲生前对绘画感兴趣，家里的木制矮书架上放了许多油画的画集。那天姬川拿给父亲看的，是介绍梵高临摹浮世绘的页面。左右两侧的书页上分别印着广重绘制的江户雨景浮世绘和梵高的油画仿作。他还记得那两幅画的构图都是大河上有一座木桥，江户的市民正冒着雨从桥上匆匆穿过。

　　"是这个人模仿这个人的画吗？"姬川先后指着两幅画问道。

　　父亲安静地摇摇头，接着张开了干燥的薄唇说道："是临摹。"

姬川一开始没明白父亲说了什么。有一瞬间，他还以为父亲又因为生病说了胡话。不过他很快意识到，是自己不懂得"临摹"这个词的意思。

"不是单纯的模仿。"父亲补充道。

"是用尽全力去模仿。"

姬川看着父亲不说话。一是因为他不太明白父亲的话，二是因为久违地听见父亲对自己说话，他实在太高兴了。

"只要用尽全力去模仿，就能理解作者真正想表达的东西。"

父亲说到这里就沉默了。等姬川回过神时，父亲已经重新转向前方，用空虚的双眼注视着空白的墙壁。不知为何，那一刻他头上的针织帽变得特别鲜明，使姬川到现在都记忆犹新。

走进Strato Guy的大门，桂已经坐在等待区了。她穿着羽绒服，弓着背坐在圆凳上忙活着什么。姬川朝柜台后的野际点了点头，走到桂的对面坐了下来。

桂抬起头，露出了仿佛弥漫着雾霭的双眼。她好像才发现姬川进来了，眼中闪过一丝惊讶。

"你在干什么？"姬川笑着说。

"啊，我在调整双踏板呢。我见螺丝有点松，就从办公室借了螺丝刀——"

双踏板是双脚同时击打一个低音鼓用的道具。左右两边的踏板联动起来，两支并排的鼓槌同时击打一面低音鼓。如果有两面低音鼓就不需要这个装置，只不过Strato Guy的架子鼓只配了一面低音鼓。其实大部分音乐工作室和Live House都这样。

"姐姐在仓库里。"

桂的声音很冷淡，像是故意而为。她再次低下头摆弄起了螺丝刀，然后头也不抬地说："上次给你的项链，还是还给我好吗？"

姬川没有回答，而是注视着桂的肩膀。

"明明是我要借给你的，真不好意思。没有它我还真有点坐立不安。"

姬川把手伸进牛仔裤口袋，抓住皮绳抽出项链，乳白色的水滴在绳圈末端轻轻摇晃。

"就放在桌子上吧。"

姬川照她说的话做了，然后起身离开。

走出等待区，他穿过了排列着排练棚的走廊。今天是星期日，八个棚却都空着，黑漆漆的没有亮灯。绕过拐角，姬川走向走廊尽头的仓库。

在姬川他们开始进出Strato Guy之前，这个仓库好像也是一个排练棚。但是场馆内没有地方存放增幅器这些零碎器材，后来就把这里当成了仓库使用。为了方便往户外搬运器材，这里砸开一部分墙壁安装了卷帘门，除此之外都跟别的棚一样。连隔音的双层门也还在那里。

姬川站在门前往里面看，门上方形小窗的另一头是穿着蓝色卫衣的光的背影，她好像在忙活着什么。

他看了一眼手表。下午三点四十二分。

姬川转动把手拉开外门，然后推开内门。

"吓我一跳。"光瞪大眼睛回过头，表情跟刚才的桂惊人地相似。

"我该敲门吗？"

"啊……没什么，我正好在想事情。"

光低声说完，背过身去蹲了下来，开始用戴着劳保手套的双手整理掉在地上的连接线。

"这里好冷啊。"

"我在活动身体，所以关掉了暖气。"

"今天要整理仓库吗？"

姬川环视着仓库内部，地上散落着好几根连接线，还有节奏镲、强音镲、小鼓、低音鼓。墙边的架子上摆着效果器和混音器。房间内侧大约三分之一空间的地板抬高了十五厘米左右，这个设计跟其他棚一样。在Strato Guy，放架子鼓的位置都是抬高的。但是这个仓库高出的平台上没有架子鼓，而是摆放了大、中、小二十多台增幅器，成了存放增幅器的地方。放在最前面的增幅器应该是大型的增幅器，比姬川还要高。平台与地面之间设有金属斜坡，方便搬运带脚轮的增幅器。

如此大量的器材并非闲置着，因为Strato Guy还向Live House

和个人客户出租乐器,这些都是出租用的。

房间左侧便是卷帘门,方便往户外搬运器材用的,现在紧紧关闭着。

"整理仓库,顺便还要检查这些器材的状态。"

"把这些器材全部检查一遍干什么啊?"

"说是要卖掉。"

"卖掉?"姬川忍不住回头看着光。

"为什么要卖掉?"

"这个工作室要关闭了。"光慢悠悠地整理着连接线,满不在乎地说。

"野际先生说这里开不下去了。"

姬川如果在其他时候听说这件事,也许会大受打击。因为Strato Guy是他们从高中用到现在的工作室,里面充满了青涩的回忆和让人会心一笑的故事。然而不知幸或不幸,姬川当下对新的打击已经毫无感觉了。

"本来租器材的订单就不多,去年开始租排练棚的人也越来越少了。今天除了你们这一单,就只有八点的一单。这样的生意确实做不下去啊。"

排练棚直到晚上都是空的。

"这样啊。"姬川嘀咕了一句,再次环视仓库。连接线、镲、混音器、增幅器。光也沉默着继续忙活起来。

"你明天要去医院,是吧?"

姬川从牛仔裤后口袋抽出信封,走向光。

他无声地交出信封。黑色长发的另一端透出了光的侧脸,没有表情,像面具一般的脸。像姬川在后院死去的姐姐的脸。

"对不起。"

说这句话时,光的表情并没有变化。她戴着满是污渍的劳保手套接过信封,站起来塞进了自己的牛仔裤口袋。然后,她抬起头直视着姬川。

"我想分手了。"

那是姬川早就隐隐预料到的话语。他注视着那双像是蒙着雾霭的眼睛,问道:"为什么?"

"因为桂,你明白了吧?"

"她跟我们有什么关系?"

"你不是很久以前就喜欢上她了吗?"

听了她冷淡的语气,姬川抿紧了嘴。

"如果是别的女人,也许还有分手以外的办法。可对方是桂,就真的不行了。"她依旧平淡地继续道。

"这个工作室马上要关了,从此我就跟你完全断了。但是我先把话放在这里,分手后你可别想着跟桂怎么样。不过桂恐怕也没那种想法。"

光抱着胳膊,微笑着问道:"对了,最近那孩子好像第一次跟人做了,你知道些什么吗?"

姬川假装思索了片刻,然后摇摇头。

"吓了一跳吧？"光并不在意他的举动，兀自说道。

"这种事其实很难瞒过女人的眼睛。一看就知道了，比直说还明显。"

姬川移开目光后，光又说了一句："你别让那孩子太为难了。"

从刚才起，姬川一直在心里低语。不知为何，那个声音特别明晰，他的声音与光的声音重叠在一起，传入了自己耳中——我确实一直被桂吸引，上个星期还跟桂睡了。可是光，你呢？其实姬川经常有机会跟桂独处，二人都喝了不少酒的情况也绝不罕见。尽管如此，姬川还是从未想过对桂出手，因为他知道这么做不行。他知道这是规矩。

"不是男人吗？"

"啊？"

先破坏规矩的并不是他。

"不是因为男人吗？"

连接线、镲、混音器、增幅器。

增幅器，排列在一起的增幅器。

"你跟我分手，不是因为那个孩子的父亲吗？"

姬川俯视着光的下腹部。光飞快地抬手捂住肚子，仿佛他的视线带来了疼痛。

"父亲，就是你啊。"

光的声音既没有变得尖厉，也没有变得沙哑。这反倒让姬川更烦躁了。

"别把我……当傻瓜。"

姬川向她走近一步。他感到鼻腔深处像有滚烫的气球不断膨胀,一个劲儿地压迫着大脑。那是一种陌生的感情,但又像是一种根源性的感情。

——真受不了,竟然偷偷钻进别人肚子里。

"钻进……肚子里……"

"什么……"

光的表情第一次出现了动摇。她注视着姬川,向后退了一步。姬川又向前一步,重新缩短了距离。

"喂……"

——螳螂恐怕活不久了。

"别把我当傻瓜……"

——活不久了。

周围的景色突然变成一片雪白。鼻腔深处的灼热气球已经膨胀到了极限,一刻不停地压迫着姬川的大脑,令其崩溃扭曲。他觉得,自己的脑浆马上就要从脸上流淌出来,就像被他踩扁的螳螂,丑陋的内脏溢出到雨水打湿的路面上。

"螳螂……"

那种感觉。

"啊……"

那一刻的感觉。

3

"哦，亮，你在这儿啊。"

隔音门被打开，野际骷髅般的脸探了进来。他环视了一遍仓库，连连点头。

"进度不错啊。"

"野际先生，你要关掉这里了吗？"

姬川转向野际，压抑着声音不让它颤抖。野际脸上闪过了困惑的表情，然后反问道："你听小光说了？"

姬川无声地点点头。野际深吸一口气，缓缓地吐了出来。

"是这样的……我本来是打算等会儿正式告知你们的。不过既然你已经知道了，那也没办法。"

"我们从高中就在这里排练了，真的很遗憾。"姬川将双手插进了牛仔裤口袋。

"小光也是这么说的。"

"光比我们更受你的关照啊。不仅作为客人，后来还成为员工。"

"真的很抱歉。现在小光不得不重新找工作，你们也得重新找工作室了。"

"我们自从组建了乐队，就从来没在别的地方排练过。现在去找别的工作室——感觉太奇怪了。"

"大宫站附近还有一个工作室，下次我把地址给你。"

"这里会营业到什么时候？"

野际慢悠悠地抱起了胳膊。

"做到年底。"

"那今天就是最后一次排练了。"

"啊，也对……最后一次了啊……"

野际略显寂寞地皱起了眉。他盯着地面看了一会儿，嘴里嘀嘀咕咕的，然后突然抬起头："对了对了，谷尾和竹内都到了，我是来告诉你这件事的。"

野际竖起拇指示意身后。

姬川看了一眼手表，离四点开始练习的时间还有十分钟。他走向门口，与野际擦肩而过，走出了仓库。

离开前他回头一笑，说道："待会儿见。"

一直呆站在仓库中央的光僵硬地点了点头。

回到等待区，竹内和谷尾已经在桌旁坐下了。桂钻进桌子底下，还在调整双踏板。她也许是故意不跟姬川对上视线的。

"哟，亮。"谷尾吐着柔和七星的烟雾，抬手招呼道。

"今天是演出前最后的练习，所以要录音。竹内带了MTR过来。"

谷尾看姬川的样子没什么不一样。莫非一个礼拜前在车站的站台上，他并没有看见他们？

"这东西可太重了。"

竹内故意筋疲力尽地说着，从一个大包里掏出了方形的器材。它内置了40GB的硬盘，能够录八个声轨，是竹内经常吹嘘的高级机型。他们习惯用它录下表演前最后一次练习，然后所有成员一起复盘，因为那是最后一次演奏的机会。

"不过话说回来，我们用这家伙录音，每次也只是听一遍就很满足了呢。"

竹内说得没错。这也是他们的惯例。

"至少能留下纪念啊，这样挺好。"说着，谷尾弹掉了烟灰。

"纪念……哈哈。"

"你别笑啊，我也不完全是开玩笑。"谷尾转向竹内。

"你想啊，年纪大了就发不出高音，也打不动鼓了，甚至按不住贝斯的低音弦，弹吉他也推不动弦了。"

"嗯，要是真的一大把年纪了，确实做不了。"

"对吧。所以到了那个时候，听录音就好了。毕竟录的是自己的演奏，听一听也挺来劲的，不是吗？"

"可你不觉得那样很空虚吗？"

"自己实际去演奏，发现跟以前不一样了，那才更空虚。"

谷尾把嘴噘成圆形尝试吐烟圈，但是没有成功，于是他嘀嘀咕咕地摁灭了香烟。

"今天的录音也许格外有意义。"姬川坐下来说。

"因为这是我们最后一次在Strato Guy排练了。"

谷尾的动作顿住了,竹内转过头来,连桂都撑起身子,注视着姬川。

"为什么是最后一次?"桂问道。

"这里要关张了。"

姬川把野际刚才说的话转达给了另外三人。没有人幼稚地提出"能不能想想办法""能不能说服野际别关张"这种建议,因为他们早就察觉到这里的生意并不好。不但从排练棚的使用情况能看出来,而且他们跟野际打交道这么久,也听他多次抱怨过生意不好。

姬川他们在桌旁沉默了许久。谷尾呆呆地摆弄着烟灰缸里的烟头;竹内用指尖咚咚地敲着腿上的MTR;桂双手抱在胸前,噘着嘴注视着虚空。姬川落座后,她就一直保持着这个姿势。

"嗯,那什么,这种生意也——"

谷尾正要表示同情时,野际从仓库的方向回来了。他一看到四个人的脸色,就知道姬川已经说了工作室要关张的事情,所以眯着眼睛抱歉地笑了笑。

"你们说我今后该怎么办呢!"

他的声音空虚得吓人。姬川他们都盯着野际,可野际却没有看任何人。

"不如做点别的跟音乐相关的生意?你不是有知识也有人

脉嘛。"

竹内一副提出了金点子似的态度说完,野际惊讶地看着他。过了一会儿,他眨着眼睛回答道:

"已经不行啦。"

"因为资金问题之类的吗?"

谷尾照顾他的情绪,问了个比较抽象的问题,野际缓缓摇起了头。

"野际先生,你振作一点啊。"桂开朗地说。

"之前野际先生不是说过吗?人生……所谓人生……"

桂没有继续下去。她好像是忘了野际对人生的感想。姬川也记得野际以前说过一句有深度的话,但此刻想不起来是什么。尽管交情很深,他对野际的印象却不那么深刻。

"是什么来着?"

桂放弃回忆问了一句,野际叹着气笑了笑。

"我早就忘了。"说完,野际穿过等待区,慢悠悠地走向出口。

"野际先生,你去哪儿啊?"谷尾撑起身子问道。

"我有点事。你们进棚吧。反正是最后一次了,想用哪个棚随便进。"

野际扶着门突然站定,弓起穿着白衬衫的瘦削背部,转过头来。

"练习要是结束了,就去仓库那边找小光吧。"

说完，他就出去了。

"野际先生这是准备两个小时都不回来吗？"谷尾扬起一边眉毛说。

野际暂时不会回来。

"关张应该很麻烦吧，还要处理器材什么的。不过就算不是音乐工作室，无论什么自营店铺，关张恐怕都很麻烦。"

竹内说了句废话，歪着头看向谷尾。

"要不我们就开始吧？"

"虽然早了四分钟——不过还是进去吧。"

谷尾愿意更改练习开始的时间，这还是头一回。

"我先上个厕所。谷尾，你帮我把MTR拿进棚里好吗？"

不等他回答，竹内就走进了柜台旁的厕所。谷尾哼了一声，背起贝斯袋，抱起了MTR。

"机会难得，就用1号棚吧。咱们好像没怎么用过。"谷尾自顾自地说着，走出了等待区。

1号棚在走廊最外面，平时都是按照从里到外的顺序租用，所以他们确实没怎么用过那个棚。

姬川拎着吉他盒站了起来："桂，我——"

"我去还螺丝刀。"桂打断了姬川，起身离开座位。

姬川呆呆地看着她娇小的身影消失在走廊尽头。

厕所里传出了冲水声。

姬川打开1号棚的隔音门走进去，谷尾正往地上摆放贝斯的

103

效果器。听见开门声,他回头看了姬川一眼,但什么都没说,又转了回去。

"这也是最后一次用这里的厕所了吧。"竹内半开玩笑地走了进来。

"等会儿我还得再去一次。"

他话音刚落,桂就拎着双踏板进来了。她径直走向架子鼓,像是在刻意回避姬川的目光。不过姬川还是一直看着她。桂脱下羽绒服露出里面的T恤,后颈还能看见一小段皮绳。

竹内在排练棚的左右角落里设置好录音用的麦克风,然后将它们连接在MTR上。

"小桂,你打个镲试试?"

桂打了一下强音镲,竹内通过显示屏确认到MTR的拾音情况后,按下了录音键。

"OK了。那就先从 *Walk This Way* 开始吧。"

竹内走到主唱的麦克风前,向桂发出信号。桂双手转槌,敲响了由低音鼓和踩镲开始的8拍节奏型,姬川加入吉他重复段,竹内的声音和谷尾的贝斯也加了进来。

这是首奇怪的曲子。

歌词的意义令人费解,就算读了CD附带的歌词卡上的日语翻译,他们也看不懂。那上面只罗列了一些猥亵的单词,但似乎跟英语歌词并不一致。而且歌词卡上的英语歌词也跟CD播放的歌词略有不同,连姬川这种外语不好的人也能马上听出随处可见的差异。有一次，竹内问姐姐认识的做医生的美国人这首曲子的歌词究竟是什么意思，那个美国人盯着歌词卡看了好久，最后笑着说了声"Nothing（没什么）"。他们不知演奏过多少次这首曲子了，几十次，说不定有上百次，但还是不明白歌词的意思。

旋律开始加快，曲子即将进入副歌。竹内几乎是咬着麦克风喊出高音。

Walk this way

Walk this way

姬川仿佛在扩音器的呐喊中听见了父亲的声音。

——我做了正确的事。

——做了正确的事。

父亲沙哑的声音。

Walk this way

Walk this way

你也要做同样的事。

跟我做同样的事。

姬川的左手在琴颈上滑动，右手用拨片奏响琴弦。可是，他的眼睛却一直盯着架子鼓后的桂。

排练棚里此起彼伏的高音与低音，干脆利落的8拍节奏型，呐喊，父亲的声音夹杂在其中，变得越来越大。他的目光聚焦在前发凌乱的桂身上，身体深处飞快地涌出了某种感情。心脏在肋骨之下激烈地跳动着，血液在全身奔流，仿佛要冲出身体，周围的景色随着脉搏忽明忽暗。这种感觉仿佛有只手伸进了他的嘴巴，在里面搅动他的大脑——真的能做到吗？真的能杀死光吗？在如此短暂的时间内，真的有可能做到吗？冲过走廊，进入仓库，再回到走廊，拉开这个棚的大门。

你也要做同样的事。

做同样的事。

姬川从小就盼望着有个平凡的人生。他羡慕身边每个人的生活。小学上课时、初中与朋友逛街时、高中体育祭不经意间四下张望时，姬川总会有种突如其来的异样感。那种感觉就像世间的日语在眨眼之间全都倒过来书写，让他觉得活着无比艰难。活着这个动作，好像突然被拔高了难度。他该以谁为范本？该向谁请教做法？姬川总是独自伸出双手，撑开十指在眼前拼命地摸索、摸索、摸索——

演奏停下了。

桂摆着打到一半的动作停下鼓槌，注视着姬川。她的双手慢慢地、慢慢地落下，继而垂落在身体两侧。鼓槌的尖端触碰到小鼓边缘，发出咔嚓一声。

"亮……你没事吧？"

对他说话的人是谷尾。他站在与姬川相对的墙边，脸上满是惊讶。竹内也一样。他单手握着麦克风，正用奇怪的表情看着姬川。

这时姬川才意识到，自己弹到一半突然停了下来。

"……没什么。"他挤出一句回答，取下吉他靠在墙边。

"我能上个厕所吗？"

明明是自己的声音，听起来却像是别人在说话。

三人的表情同时缓和下来。

"大号还是小号？"谷尾无力地问道。

"中号？"竹内添了一句莫名其妙的话。

桂坐在架子鼓另一端，笑着用鼓槌轻敲肩膀。

"我先停止录音哟。"

竹内正要走向放在地上的MTR，姬川制止了。

"不，用不着。我马上就回来。"

他抓着隔音门的把手拉开门，穿过第一扇门，推开第二扇门。反手关上门后，此前一直存在的白噪声完全消失，走廊的寂静完全包裹了他。姬川转向左侧等待区的方向，迈出几步，猛地停下来，飞快地转过身蹲下，手脚并用地穿过刚才走出来的排练棚门前。到了门上小窗看不见他的位置后，他站直身子，拔腿就跑，绕过L字转角，继续向前跑。他飞快地经过了排列在右侧的排练棚，一口气跑到尽头的仓库。他凑过去，透过小窗观察内部。血管在突突地跳动，姬川伸出右手，握住了门把。

* * *

谷尾倾听着增幅器的白噪声，目不转睛地注视着架子鼓背后的桂。她一直呆呆地看着姬川离开的方向。

刚才在演奏中，谷尾注意到桂的鼓点有些凌乱。一定是因为姬川吧，一个星期前的那个。

"啊，啊，嗯。目前亮正在上厕所。"

竹内对着麦克风笑道。他应该是打算过后听MTR录音时再笑一遍。

"因为是小号，预计他很快就回来。"

谷尾漫不经心地看了一眼手表。姬川离开排练棚，前往等待区的洗手间方向后，已经快过一分钟了。

"对了，小桂。你今天好像特别来劲啊。"

竹内离开麦克风，朝平台上说了句话。桂敲打着两支鼓槌，笑着回答道："因为是最后一次练习啊。"

"是啊，然后就是表演——啊，不对，是啊。"

竹内抿着嘴，垂下了头。

Strato Guy做到年底就要关张了，今天是最后一次在这里练习。下周演出结束后，就得决定下一次排练的地方。考虑到每个成员的住处，还是在大宫站周边寻找工作室最合适。如此一来，练习结束后就能继续在舞之屋喝酒聊天。

回过神时，谷尾的目光又一次聚焦在桂身上。

一个星期前，他在大宫站轨道另一端看见的光景。姬川与桂并肩站在站台边缘，抬头看着月亮。交谈几句之后，姬川突然向桂伸出手，将她揽入怀中。桂没有反抗，她那小小的背影只有片刻惊讶的反应。姬川就这么抱着桂站了一会儿。谷尾在身后电车到站的喧嚣声中定定地看着那幅光景，始终无法移开目光。

那天是第一次吗？还是姬川与桂早就有那种关系了？细想下来，他确实察觉过二人之间微妙的视线。姬川看着桂，桂对姬川露出微笑。那个微笑就像是在人群中被握住了手，她又反握回去的反应。

谷尾被乘车的人群推挤碰撞着，依旧目不转睛地看着轨道另一端的两个人。姬川的头突然动了起来。他凑近了桂的脸。谷尾再也无法忍受，终于背过身去。他随着人群涌入车厢，满脑子都是光。

她知道那两个人的关系吗？

"啊，回来了。"竹内的声音使他回过神来。

小窗外面出现了姬川的身影。他从靠近厕所的左侧探头出来看了一眼室内，可能在确认里面是否有声音。如果在演奏中不小心打开了两扇门，走廊就会被巨大的声音淹没。不过现在并没有人会因此受惊或气愤了，因为工作室内只有Sundowner的成员和光而已。

"不好意思，久等了。"姬川走进排练棚，抱起靠在墙边的吉他挎上肩带。

谷尾甩掉脑中纷繁的思绪，笑着对姬川说："好快啊。"

"还不是因为你喜欢死抠时间，我才赶着回来的。"

姬川跟他拌嘴时，额头上还挂着一层薄汗。看来他真的赶了时间上厕所。

"啊，嗯。亮上小号回来了，我们继续练习。"

竹内轮流看了看成员的脸，确认他们都做好了准备。

"那我们把 *Walk This Way* 从头来一遍。"

除了姬川有一次错过了吉他独奏的时机，成员的演奏都没有出错。两小时的排练结束后，他们各自收拾好乐器和器材，走出了排练棚。

"其实多练一会儿也没什么，反正没有别的预约，野际先生又不在。"

走回等待区的路上，竹内这样说道。

谷尾摇了摇头："那怎么行，做事要有规矩。"

其实那并非真心话，只是他自己不愿意罢了。不知为何，谷尾向来拘泥于按照规定的时间行动，可能因为他太喜欢看破解不在场证明的推理小说了。

"规矩啊……"竹内勾勾嘴角笑了。

谷尾换了个话题："光在干什么呢，要不要叫她过来？"

他转向了仓库。

"算了吧。"姬川立刻开口道。

"现在叫她恐怕不太好,我刚才看她好像很忙。"

"她忙什么呢?"

"整理仓库。她要把所有器材的状态都检查一遍,然后卖掉。"

"是吗。既然她很忙,那最好不要打扰吧。"

光忙碌时不喜欢被人搭话,而且脾气会变得特别糟糕。

谷尾坐在等待区的椅子上,叼起了柔和七星。姬川、竹内和桂也各自落了座。用打火机点烟时,谷尾偷看了一眼桂。她打了两个小时的鼓,身上还穿着短袖T恤。

"我突然想到……"一阵慵懒的沉默过后,姬川突然抬起头说。

"野际先生,他不会有什么事吧?"

谷尾一时没明白他在说什么。

姬川继续道:"你们看,野际先生到现在还没回来。会不会因为这里要关张,他一时想不开啊?"

"想不开什么?"竹内反问道。

"这个工作室就是野际先生的全部,不是吗?他独自经营这个地方,一直都没结婚,然后到年底就做不下去了……他该不会做什么傻事吧?"

见姬川表情严肃,竹内短促地笑了笑。

"难道你想说他要自杀吗?那个本来就长得像尸体一样的野

111

际先生怎么可能自杀嘛！"

他不太懂竹内的逻辑。

姬川突然站起来，轮流看着谷尾和竹内。谷尾不禁有些疑惑。他觉得姬川的样子像是演出来的。莫非自己想多了？可他就是觉得姬川的一言一行都另有深意。

谷尾不知该如何反应。竹内则不停地摆着手。

"肯定没事的，你就别担心了。"

"我就是担心。拜托你们，跟我一起找找野际先生吧，就在附近看看。"

姬川的目光很严肃。竹内惊讶地看着姬川，眼睛眨巴了好几下，然后看向谷尾。谷尾只是歪了歪头。

"那就……走吧。"第一个站起来的是桂。

"我们在周围找找看吧。我也有点担心了。"

"好吧，如果能让亮放下心来，去看看就是。"竹内苦笑着站了起来。

"谷尾，你去吗？"

"嗯，反正闲着也是闲着。"

无奈之下，谷尾摁灭香烟，也站了起来。三个人跟在已经迈开步子的姬川身后走向门口。

可是姬川握住门把时，又回过头来说："要不留一个人在这里吧，也许野际先生等会儿就回来了。桂，不好意思，你能留下吗？"

桂抱着羽绒服点点头，走回了座位。

"你记得穿上外套，演出前别感冒了。"

姬川说完便催促着谷尾和竹内走了出去。冬季白昼短，外面已经暗了下来，天空一片漆黑。马路对面的洗衣店依旧闪着五颜六色的圣诞灯饰。

"我去这边找找，你们往那边走吧。"

姬川朝右手边走了起来，谷尾和竹内转身走向左侧。晚风拂过因排练而闷热的身体，感觉很舒服。

"谷尾啊，你说那家伙怎么回事？"

竹内双手插在牛仔裤口袋里，懒洋洋地边走边说。看他的表情就知道，他也不打算认真寻找野际。

"不知道……我向来看不出亮到底在想些什么。"

"就是啊。万一我们真的碰见野际先生拿着绳子往头上套，那家伙的直觉可就出神入化了。"

"别说那种不吉利的话。"

"为什么啊？要是碰见他套绳子应该算吉利啊。因为能在千钧一发之际救下野际先生了。"

竹内灵巧地用口哨吹着约翰·列侬的 *Happy Christmas*（圣诞快乐），慢悠悠地走在夜路上。谷尾走在旁边，脑子里一直回响着玛丽亚·凯莉的 *Christmas (Baby Please Come Home)*[1]。其实他有

---

1 歌曲名，直译为《圣诞节（宝贝，请回家）》。

凯莉的所有专辑，但没有告诉任何人。

正如预料，他们并没有找到野际。大约只过了五分钟，谷尾就觉得漫无目的地走夜路实在太蠢了。他瞥了一眼旁边的竹内，发现竹内也看着他。二人并没有交谈，但同时停下脚步，又同时转了回去。

"嗯，这已经算做得挺好了。"竹内打着哈欠说。

"对，从人情上说。"

"搞不好回去之后，野际先生就坐在柜台里面。"

"那样也算事件解决了。"

"肯定不是事件啦。"

谷尾和竹内回到了Strato Guy。

"哎，谷尾，小桂不在啊。"

等待区看不到桂的身影。姬川应该还在外面找，可是桂去哪儿了？这时，谷尾脑中又闪过了那个光景。姬川在站台上搂住桂的腰，桂毫无抵抗地靠了上去。姬川该不会找了个煞有介事的理由把他和竹内支走了吧？谷尾心里涌出无聊的猜测，他有点厌恶这样的自己，但依旧很在意。

"会不会在里面啊？"

他边说边穿过等待区，走过排列着隔音棚的走廊，绕过了L字转角。他看见桂站在走廊尽头的仓库门口，似乎正在推动仓库门。

"你在干什么？"下流的揣测没有应验，谷尾不禁松了口气，然后凑近过去。桂为难地皱起了眉。

"我见没有人回来，就想去找姐姐，可是你看，仓库门怎么推都推不动。"

"推不动？"

桂握住的门把属于双层门的内门，要向前推开。

桂让出位置，谷尾也上去推了推门，确实推不开。门只能稍微动一动，里面像是压了很重的东西把门堵住了。从门缝里漏出的空气格外寒冷，看来仓库里没有开暖气。

"这门被什么东西挡住了。"

此时，谷尾终于注意到了不正常的地方。

"……里面没亮灯啊。"

仓库的电灯处于熄灭状态。

"光真的在里面吗？应该不在吧？"

"应该在的。我在办公室和排练棚里都没找到她。可是我叫她也没人回应。"

"喂，光！你在干什么？光！"

谷尾边叫边推门，里面发出咔嗒咔嗒的声音。他每推一下，挡门的东西就会挪开一些。要不要用尽全力推开呢？但是仅靠他一个人的力量应该不够。再说，万一里面是高价器材就糟糕了。

"姐姐会不会晕倒在里面了，或者被什么东西砸到了脑袋？"

"怎么会？"

"你们在演什么滑稽剧？"

谷尾回过头，竹内的脸突然凑了过来，把他吓了一跳。

"谁有空搞那个，现在是门打不开——"

谷尾说明情况后，竹内笑得直抽气。

"所以你们就猜光是不是晕倒了？"

"那不是我说的。不过这门确实打不开，我也有点在意。"

"让我看看。"竹内挤到谷尾旁边，推了好几下门。接着他转头看着谷尾，咧嘴一笑。

"我说谷尾，你也是个意想不到的胆小鬼呢！"

"我？为什么？"因为桂在场，谷尾有点气愤地反问道。

竹内朝门努了努嘴告诉他："这里面不知是什么东西，总之不太重。"

"不对，很重。我一个人几乎推不动。"

"怎么推不动？只是没用力而已。你肯定觉得这要是高级器材就糟糕了，然后下意识地控制了力道。而你的脑子则将其理解成了东西很重，所以推不动。这在心理学上叫'合理化'。"

竹内故意耐心地做完解释后，双手按在门板上用力推动起来。只听见一阵喊喊喳喳的响声，门板逐渐打开了。连瘦弱的竹内都能行，这对谷尾来说确实应该更简单才对。

"是不是我刚才推了几下，让里面的东西松动了？"

"你这也叫'合理化'。"

说完，竹内推了最后一把，接着他把身子探进门缝间露出的狭长黑暗中。因为有了门缝和小窗透入的光，里面并非一片漆黑，但还是很难看清楚里面究竟是什么情况。

"喂，光？"

没有回答。竹内抬起右手在墙上摸索，噼噼啪啪地打开了电灯开关。然而灯并没有亮起来。

"这东西怎么不亮啊……光，你在吗？没事吧？"

竹内钻了进去。他的背影猛地一顿，同时传来痛呼，像是踢到了什么东西。他小声咒骂着继续往里走，谷尾和桂也跟了进去。里面很冷，黑暗中隐约能分辨出器材浓重的影子。

"你们在这儿啊。"

背后传来声音，显然是姬川也回来了。

桂马上说明了情况。

"里面的灯不亮，会不会是跳闸了？"

听了姬川的话，桂恍然大悟。

"对啊，跳闸了。原来如此，有道理。"

"有人知道电闸在什么地方吗？"

谷尾摇了摇头，但很快意识到对方可能看不见，就开口答道："不知道。"竹内跟着说："我也不知道。"

"我在外面找找。谷尾，你也来帮忙吧！"

"嗯。"

四个人在黑暗中摸索太没效率，于是谷尾跟着姬川离开了仓库。

"我猜电闸应该在办公室或者柜台里面。"

"我去柜台看看，谷尾你到办公室找找。"

谷尾没费多大工夫就在光平时用的办公桌上方找到了电闸。上面有一个总闸和十几个小开关，所有开关都朝上开着，只有一个落下来了。那应该就是仓库的开关。谷尾脱掉鞋爬上桌子，试着扳起开关。

"……了呢……"

扳起开关的瞬间，仓库传来了竹内的声音。应该是灯亮了。

"……这……乱七八……"

"……可能在……器材……"

"……别撞到……"

"……摔倒……"

仓库的方向断断续续地传来了竹内和桂的对话。可是在某个瞬间，他们的对话突然停了下来，像收音机被拔掉了电源一样，唐突地停了下来。片刻之后，谷尾听见了竹内的喊声。他在叫光的名字。几乎是同时，谷尾还听见了桂凄厉的惨叫。他跳下桌子，飞快地套上鞋，跑出了办公室。仓库门敞开着，里面很亮堂，地上摆满了各种器材，还散落着连接线。竹内回过头。

"喂，谷尾，光她——"

一台大型增幅器倒在地上，是从房间深处加高的平台上倾倒下来的。增幅器底下赫然垫着一具俯伏的身体，只露出了脖子以下的部分。他一眼就看出那是光。桂趴在地上，连声呼唤着姐姐。光毫无反应。她双手伸进巨大的增幅器底下，试图拉出光。

竹内也上去帮忙了。可是光的头部被压在底下，怎么拉都拉不动。桂无奈地抽出双手，羽绒服的袖子已经被染得通红。

"别动她！"谷尾朝他们跑了过去。

"别碰！"

桂大声哭了起来。她的哭声中掺杂着绝望，令谷尾浑身战栗。因为他只能想到一个原因，能让触碰过一动不动的身体的人发出这样的哭声。谷尾跪倒在她身旁，战战兢兢地朝光的手臂伸出手。他的指尖触碰到运动服袖子与劳保手套之间裸露的白皙皮肤。

是凉的。

"那是……光……？"

沙哑的声音让他回过头。姬川呆立在仓库门口，瞪大了眼睛。

"是光？"

姬川又问了一遍，接着撞开了杂乱摆放的器材，朝他们走过来。

"亮，停下。最好别碰这里面的东西。"

听到谷尾的话，姬川猛地停下了。

"别碰这里面的东西……？"

姬川反问的声音小得难以分辨，目光一直凝视着光的身体。

谷尾艰难地吞咽一下，挤出了下一句话。

"报警吧。"

第三章

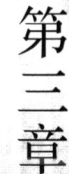

没错 没错 没错 没错
你心里清楚得很
你爸爸总是这么霸道
呼喊 呼喊 呼喊
深夜中无人知晓
——Sundowner *Never-Heard Scream*[*]

* 意思是"无人听到的呼喊"。

1

　　父亲坐在那充斥着冰冷的白色雾霭、没有声音的房子里，究竟在想些什么？他握着看不见的时钟，感觉自己的时间一分一秒地流逝，坐在被窝里定定地注视着虚空，心里究竟在想什么？还在上小学一年级的姬川对此非常好奇，还曾模仿过父亲的举动。那是在一个白天，父亲起身上厕所后，他悄悄钻进父亲的被窝，学父亲的样子注视着眼前的白墙。他就这么凝视着，直到父亲上完厕所的脚步声逼近至房间门口。那时，靠背椅和被子上残留着父亲的体温，空气中弥漫着药品的气味。

　　可是，他脑子里什么都没有。

　　"然后你们就走出仓库去找电闸了，对吧？"

　　"是的。我，还有亮。"

　　"是谁找到了办公室的电闸？"

　　"是我。我看见有一个开关朝下，就把它扳起来，然后仓库那边就亮灯了。紧接着这家伙——竹内大喊了一声。"

　　"原来如此……"

　　小学一年级的姬川一点都不明白父亲在想什么。可是现在，他觉得自己也许能够明白。如果现在给他一套靠背椅和被子，让他定定地看着眼前的墙壁，他也许能够清楚地明白父亲当时脑中的想法。

因为他与父亲是那么相似。

因为他与父亲是一样的。

因为他们用同样的方法，以同样的理由，做了同样的事情。

"现场的地上散落着很多东西，你们进入现场时已经这样了吗？"

"是的，我们没有碰什么东西。我们进入仓库时看到的情况，就跟隈岛先生现在看到的一样。地上之所以有连接线，可能是因为光正在整理仓库……"

"连接线……呃，谷尾，不好意思，我对这方面不是很熟悉。"

"啊，不好意思，就是电缆的意思。连接乐器和器材的电缆。"

"哦，就是那个黑色的——"

站在仓库中，姬川丝毫没有混乱，而是以惊人的冷静完成了计划。也许，这就是血脉的力量。

"抱歉，跑题了。你们回到仓库时，光小姐已经是那个状态了吗？"

"是的，趴在地上，身体已经凉了。我摸着光的手腕确认了脉搏，当时一碰到皮肤就意识到她已经死了。没过多久，亮也回到了仓库。"

"原来如此，然后亮也看见了光小姐的遗体，对吧？"

"……喂，亮。"

"……亮？"

姬川惊讶地抬起头，发现隈岛和谷尾都在等待区桌子的另一端看着他。竹内和桂坐在他们两边，目光也聚焦在姬川身上。桂的羽绒服袖子上还残留着红黑色的血迹，竹内用纸巾帮她擦了许久，最后还是没能擦掉。可能因为哭泣过度，她的双眼下方浮现出了淡淡的黑眼圈。

"亮，你没事吧？"隈岛皱起花白浓密的眉毛，担心地看着他。

谷尾打完电话，最先赶到Strato Guy的是驾驶巡逻警车的制服警官。不久之后，辖区警署也来了大量调查人员。姬川在那群人中看见隈岛时，忍不住绷紧了身体。

谷尾、竹内和桂得知经常来看表演的姬川的熟人竟是刑警，似乎都吃了一惊。但他们的惊讶绝对比不过姬川本人。对上隈岛的目光时，姬川瞬间感到体内一阵恶寒——县警调查一课的隈岛怎么来了？这只是事故啊。他明明把现场伪装成了事故啊。刚才，姬川故作不经意地向隈岛提出了这个疑问。隈岛只说"以防万一"，但不知是不是真的这么想。

隈岛是他最不想对上的对手。他是看着姬川从小学长大到现在的人，他们见面聊天的时间总长，搞不好超过了他与父亲。姬川说谎被隈岛看穿的概率，恐怕比其他警察要高得多。

"……我没事。"

姬川坐直了身子。隈岛转了转套着西装外套的宽阔肩膀，朝他探出了身子。

"抱歉啊，亮。我知道你肯定深受打击，但也希望你能配合一下。"

"你有什么问题尽管问吧。"

隈岛继续向所有人展开提问。跟刚才一样，那些都是固定形式的提问，主要为了梳理他们发现光的遗体之前的情况，并没有什么深入的问题。也许这真的只是"以防万一"的调查。

"那个……我姐姐接下来会怎么样？"

桂问了一句。她也许想知道光的遗体接下来会被送到什么地方，如何被处理。目前那具遗体已经被搬出仓库，送到了医院。

"令姐的遗体接下来将由警方进行验尸。"

隈岛只对桂使用恭敬的措辞，也许因为她是死者家属吧。

"不过说到验尸嘛，也只是检查一下遗体的情况，没有一般人想的那么夸张。如果验尸之后发现有必要解剖，还会再次通知您。"

一经验尸，警方肯定马上就知道光怀着身孕。对于她腹中的孩子，警方最先询问的无疑是正在跟光交往的姬川。他必须想届时如何应对。不过话说回来，这种时候会深入调查孩子的父亲是谁吗？姬川很想知道检查的结果。

"桂小姐，您平时跟令姐一起生活吧？那您父母家——"

"没有。"桂打断了隈岛的话，"母亲离婚组建了新的家庭，我们不知道联系方式。父亲很久以前就失踪了。"

"失踪……"隈岛只重复了一遍，并没有细问。

桂低头揉起了眼睛，竹内轻轻拍着她的肩膀。

等待区陷入沉默。就在刚才，几人的座位边上还有穿制服的警官忙碌地走来走去，现在他们大多离开了，整个工作室变得无比安静。事发不久之后，野际也回来了。谷尾和竹内向他说明情况后，他大吃一惊，然后呆滞了许久。虽说马上就要关张了，但是得知自己经营的工作室发生死亡事故，死者还是跟他有多年交情的光，难怪野际会有这样的反应。此刻，他正在仓库那边跟一个年轻的刑警交谈。

谷尾叼起烟，凑近了打火机的火苗。他突然停下动作，看了一眼隈岛，隈岛摆摆手表示没问题。于是谷尾点燃了烟，心慌意乱地朝天花板喷出烟雾。

"……那么您知道他的联系方式吗？"

走廊深处的声音渐渐向他们靠近，那是跟野际一起去了仓库的年轻刑警。

"哦，不是，与其说是联系方式……怎么讲，我只知道他的住址。"

野际回答道。他们在聊什么呢？

二人的身影出现在视野中。那位似乎是隈岛下属的西川刑警一边跟野际并肩行走，一边拿着圆珠笔在记事本上飞快地记录。

127

他看起来应该比姬川大几岁，有三十四五，或者年近四十，但比较显年轻。他个子很高，细长的面庞上长着宛如雕塑的五官，看起来很尖锐。

"您知道他的地址吗？那就太好了。"

"嗯，可是那个……"

野际抬起头看向他们，目光聚焦在桂身上。

此时姬川总算明白过来了，那两个人正在谈论光和桂的父亲。

"您现在能提供那个地址吗？"西川端着记事本问道。见野际不回答，他疑惑地皱起了细长的眉毛。

"野际先生？"

片刻的沉默。

"你们在说我父亲吗？"桂问道。

"野际先生，你知道我父亲在哪里吗？"

几秒的停滞后，野际点了点头。桂像是看到了匪夷所思的东西，无声地眨了眨眼睛。谷尾和竹内对视一眼，表情很复杂。

姬川吃了一惊。野际怎么知道光和桂的父亲在哪里？毕竟连她们自己都不知道啊。

"大约三个月前，我偶然从以前玩音乐的朋友那里听到了他的消息。"野际回答道。

"这件事我告诉了小光……其实她已经跟你们父亲见过一面了。"

姬川忍不住盯着野际的脸。光从未说起过她跟父亲见面的事情。她为什么没说呢？为什么要瞒着？桂似乎也很震惊，一言不发地盯着野际。

"看来她没告诉小桂和亮啊。小光其实也是这么跟我说的。"

"姐姐她，为什么……"

野际若有所思地走了过来。

"她没告诉小桂，其实也是为了你好。这也是小光跟我说的。"

"为了我好？"桂抬头看着野际。

"是这样的……小光见到的父亲好像很那个……跟以前完全不一样了。怎么说呢，小光非常失望。所以她决定把这件事藏在心里，不告诉小桂。"

野际垂下目光，叹着气补充道："我想，她应该是这个意思。"

"嗯，野际先生，总而言之——"

西川似乎意识到自己的言行引发了小小的问题，刻意一本正经地说："能否请您透露一下死者父亲的地址？"

"知道了。"

野际朝他摊开了左手。西川一时间没理解他的意思，继而略显不高兴地把自己的记事本和圆珠笔递了过去。野际默不作声地在摊开的页面上写下了地址。他之所以没报出来，应该是为了尊重光的决定。

姬川把脸转了回去："隈岛先生，你觉得这次的事故是怎

129

发生的?"

他很小心地没有过分强调事故两个字。

从刚才起他就一直很想知道,警方究竟如何判断光的死亡。他本以为谷尾会问,没想到谷尾迟迟不开口,所以他只好自己问了。

"现在还不知道确切的情况,如果加入我的猜想——"

说到一半,隈岛看了背后一眼。

"西川,你也过来坐下吧。"

他喊西川过来,可能是为了避免两个人分开工作,过后又像光的父亲那件事一样,发生信息上的不对称。然而西川摇摇头,指了指自己的记事本。姬川看不清内容,但是认出了野际留下的凌乱的笔迹。

"我要去联系死者家属。先查电话号码,如果电话簿上没有,就开车过去看看。地址离这里也不远。"

"哦……也对,这样应该更好。那就拜托你了。"

西川匆匆做了个敬礼的动作,衣摆翻飞着朝出口快步走去。但是他正要推开大门时,停下脚步回头说了一句:"我还想联系死者的母亲——刚才听野际先生说,妹妹也不知道联系方式,对吗?"

"不知道。"桂摇了摇头。

"您觉得令尊知道令堂离婚后的住址吗?"

"他可能知道吧,我也不清楚。"

130

"那我去问问。"

西川性急地应了一句,推门离开了。昏暗的户外像是起了一点风,姬川看见他的黑色大衣下摆被吹了起来。

"他啊,太年轻了。"

隈岛说了一句明眼人都能看出来的评价。

2

隈岛啜饮着野际送来的速溶咖啡，向他们说明了Strato Guy仓库内发生的事故情况。姬川压抑着内心的紧张，一言不发地倾听。隈岛的说明与他的预期大概一致，这让他放心了不少。

压在光的遗体头部之上的东西，是马歇尔品牌的吉他增幅器。增幅器由两层方形箱体扬声器交叠而成，宽约八十厘米，高度接近两米，其上还设有操作顶板，属于大型设备。此物几乎跟冰箱差不多大，但是底部安有滚轮，女性也能独自移动。增幅器放置在仓库内部高起的平台上。

"就是那东西倒下来砸到了正好在下面的光小姐的后脑勺。当时光小姐应该是面朝增幅器，正好摆出了弯腰的动作，否则增幅器的顶部不会砸到她的后脑勺。也许她想借助斜坡把增幅器从平台上挪下来。"

那么，增幅器为何会倒下？对此，隈岛的解释是设置在平台边缘的斜坡没对齐。

"那个金属斜坡与平台的高度正好吻合，所以平时搬运带轮子的器材并不会磕碰到。那么大的增幅器，若不是故意的，很难想象它会这样倾倒。你们肯定也十分清楚吧。只不过刚才经过确认，斜坡的边缘稍微离开了平台。也就是说，平台的边缘与斜坡的边缘之间存在着大约五厘米的缝隙。"

光搬运增幅器时，其前轮卡到缝隙中，导致增幅器向着她倾倒了。

"等会儿还得向厂商咨询一下，那台增幅器大概有多重啊？"

"一百千克。"

野际马上回答。他察觉到隈岛疑问的表情，又补充道：

"这不是估算，而是实际重量。"

说完，野际离开了座位。他从柜台里面拿来了增幅器的说明书，翻开后方页面继续对隈岛说明道："两层箱体分别是四十一点五千克和三十六点四千克，顶部是二十二千克，加起来正好九十九点九千克。除此之外，还要算上连接部分的五金件重量——"

"啊，还真是大约一百千克呢。"

"嗯，是这样没错……"

野际沮丧地佝偻着身子，仿佛这个重量是他的过失。

"对了，野际先生，你为什么把增幅器放在仓库里？平时都不用吗？"

"不，那是客人有需要时另收费提供的。因为只有一台，如果固定放在某个棚里，对别的客人不太公平。"

"不公平……呃……"

见隈岛不太理解，竹内帮忙解释道："那是Super[1]100JH，马歇尔的限量产品。只要是超过三十岁的吉他手，谁都会想用用看吧。"

"苏帕（Super）……？"

"就是增幅器的产品名称。以前一个叫吉米·亨德里克斯的人在吉姆·马歇尔的店里买了一台Super100增幅器。大约四十年后，马歇尔公司限量复刻了那台增幅器，完全复原了当时Super100的外观和结构。"

"原来如此，复刻……"

——你也要做同样的事。

他在排练棚里听见的父亲的声音。

——跟我做同样的事。

"亮之前也用过，对吧？"

突如其来的提问让姬川来不及反应。

"……啊？"

"那台增幅器啊。你之前不也另外付钱用过嘛。"

"嗯，用过一次。"

"不过话说回来……当时仓库为什么跳闸了呀？"

谷尾自言自语般说道。

"没错，我也搞不懂这点。我打算过后再仔细检查一遍现

---

1 意思是"超级"。——编者注

场——"

隈岛弓着背,低头看向手边的纸杯。

"不过当然了,应该是仓库里的用电负荷突然增大,导致那个屋子跳闸了。"

谷尾似乎并没有被说服。

"可是隈岛先生,仓库里只有增幅器和混音器这些东西,不会大量用电啊。那种东西能导致跳闸吗?野际先生,你说对吧?那间屋子虽然是仓库,原本也是按照排练棚搭建的,电闸的安培数应该跟其他棚一样。"

野际点了点头。谷尾皱着眉,表情愈发困惑。

"既然如此,器材用电应该不会导致跳闸才对……"

谷尾盯着桌面想了一会儿,继而把手上的烟用力戳进了烟灰缸。

"隈岛先生,我能进仓库看看吗?"

走向仓库时,他们碰到了几个还没离开的制服警官。警官们都向隈岛报告工作已经结束,隈岛则习以为常地跟他们交谈了几句。

"有发现立刻告诉我。"

"明白了。"

警官们穿过走廊,朝出口走了过去。如此一来,工作室内只剩下Sundowner的成员,还有野际和隈岛二人了。

六个成年人一起走进仓库，显得里面格外拥挤。这里虽然是普通排练棚的大小，但因为堆满了东西，可供人走动的空间就所剩无几了。尤其是现在，地面上到处都是待整理的器材，更让人没有落脚之地。

"……连指纹都采集了啊。"

谷尾低声说道。姬川也早就注意到了电灯开关、置物架、器材表面覆盖的白色粉末。当然，依旧倒在地上的巨大的Super100JH表面也有同样的粉末。

"例行程序而已。我们一课的来都来了，不采集点指纹回去不太像话啊。"

说完，隈岛看了一眼姬川。虽然只是一瞬间的事情，但那很明显是想要确认什么的眼神。那是什么意思啊。姬川缓缓扭过身子，背对着隈岛以免让他看出自己紧绷的神色。

"这里还有黑色和紫色的粉末，那都是什么啊？"

竹内问隈岛。但谷尾抢先回答了。

"那也是采集指纹用的粉末。电视剧里用的都是白色粉末，在真正的现场则各种颜色都有。"

"哦，这样啊……"

这时，隈岛好奇地看着谷尾说："你知道的还挺多啊。"

"都是书上看到的。"

谷尾可能嫌麻烦，并没有道出父亲的身份。隈岛听了点点头，嘀咕道："真是什么书都有啊。"

谷尾回头看向门口。

"门打不开原来是因为那个啊……"

隔音门旁边摆着一个低音鼓。发现光的遗体前,就是那东西阻挡了桂、谷尾和竹内进入仓库。

"光怎么把低音鼓放在那种地方了。"

"只是巧合吧,毕竟她正在彻底清点仓库呢。"竹内看着杂乱的室内说道。

"嗯……应该是吧。"谷尾这次好像被说服了。

"隈岛先生,我能碰周围的东西吗?"

得到隈岛的许可后,谷尾开始在仓库里来回走动。姬川等人默默地注视着他的行动。谷尾一会儿用指尖分开散落在地上的连接线,一会儿又走到放置增幅器的平台上查看操作面板。

"嗯……啊?"

不一会儿,谷尾发出了奇怪的声音。所有人都看着他。他在平台上扭动身体,目光一直盯着地面,像在追踪什么东西。

"原来是这样啊……"

看来谷尾发现了。

"你说什么呢?"竹内立刻问了一句。

谷尾直起身子解释道:"这里的增幅器几乎都打开了电源。"

"真的吗?可是……电源指示灯都没亮啊。"

"那肯定,因为总插头被拔了。"

谷尾指着仓库的入口。所有人都扭头看了过去。隔音门旁边靠近地面的位置有个插座，插座下方掉落了一个粗大的插头。

"你自己看看吧，竹内。那不是大型排插的插头吗？"

大型排插其实就是家用排插的放大版，上面有十几个插口，而且排插上面带有开关，通过操作开关可以同时打开或关闭所有相连电器的电源，在工作室和Live House很常见。

"你顺着排插的线找一找。地上的线很乱，可能有点困难。"

听了谷尾的话，竹内的目光也在仓库地板上移动起来。大型排插的线从门边一直延伸到了谷尾所在的平台前方，另一头便是排插的方形本体。

"那个本体上还插着两个大型排插，你看见没？两根线都延伸到了平台上，另一端在这里。"

谷尾从脚下拿起了两个大型排插的本体。每个排插都有十个插口，合计二十个插口几乎插满了，只空出来一个。那上面的插头全都连接着平台上的增幅器。

"怎么会这样……"

看着谷尾手上的排插，野际困惑地皱起了眉。

"这只是我的猜想，我觉得应该是这样的。"谷尾放下排插，开始了说明。

"也许光想查看这里的增幅器的情况，看看是不是都能打开电源。她首先把大型排插连上了门边的插座，又在那个排插上连了两个排插，最后将增幅器的电源线插在了两个排插上，合计二十个。接着，光依次打开了增幅器的电源。一台、两台、三台……最后打开那个又高又大的马歇尔增幅器时,仓库跳闸了。"

"哦哦。"竹内说道。

"原来如此,确实有可能。不过为什么只有马歇尔的电源拔出来了?刚才空出一个的插口应该是连着它的电源线吧。"

"是光拔下来的。你想啊,她一插上又高又大的马歇尔增幅器就跳闸了,如果不拔掉,电闸就无法复位,就算复位了也会再次跳闸。"

"不能只把马歇尔的电源关掉吗?"

"应该是为了保险起见。她可能觉得机器上安了散热器。你想,一部分大型增幅器的散热器在关闭电源后还会运作一段时间,不是吗?风扇转动时仍会消耗电量。光并不熟悉增幅器的内部结构,可能以为这台马歇尔也一样。虽然它其实并不一样。"

"哦,也对。有可能啊。那么谷尾,那个总排插的插头为什么脱落了?你瞧,就是门口旁边那个插头,那边是拔出来的状态。"

"不是你弄出来的吗?"

"我?"

"你边喊光的名字边走进昏暗的仓库时,不是被绊了一下吗?"

"……啊,确实是被绊了一下。我想起来了。"

"那就是排插线。插头肯定是那个时候脱落的。"

"原来如此……是我弄掉的啊。"

139

答得好——姬川暗自喃喃。

他一开始就设想到谷尾会站出来解释这个情况，但没想到他会解释得如此天衣无缝，把姬川让仓库跳闸的小把戏完全解释成了理所当然的细节。

姬川打心底里感谢这位简明扼要地说明了"事故"情况的朋友。

"可是谷尾啊。"隈岛挠着头发花白的后脑勺，疑惑地说。

"光小姐拔掉马歇尔增幅器的插头后，为什么没有马上把电闸复位呢？你不觉得这有点奇怪吗？当时仓库跳闸了，里面一片漆黑，而光小姐非但不去复位电闸，还试图在黑暗中把那台高大的增幅器移动下来。正因为这样，她才没注意到斜坡和平台之间的缝隙，引发了不幸的事故。"

"是我让她把马歇尔挪下来的。"野际插嘴道。

"我吩咐她整理仓库的时候顺便把马歇尔挪下来放到角落里去。这里的器材马上要卖掉了，那台增幅器那么大，如果一起放在平台上，恐怕会妨碍搬运，所以我才叫她这么做。"

"哦，原来如此。是这样啊。"

原来是这样吗？这对姬川来说也是一种侥幸。

"可是光小姐为什么要在黑暗中做这件事？"隈岛的疑问尚未得到解答。

"那……是为什么呢？"野际也疑惑不解。

姬川默不作声地任凭事态发展。他最好不要主动做出解释，而应该等待别人说出绝妙的答案。

"也许她只是想在复位电闸的路上顺便把增幅器挪下去？"

绝妙的答案依旧来自谷尾。

"这里虽然没了灯光会变暗，但也不是真的一片漆黑。借着小窗外面的光，至少能看清自己的手。我猜，光意识到跳闸了，准备走下平台去复位，同时想起了野际先生的吩咐，就决定顺便把马歇尔也挪下去——相当于出门倒垃圾顺便看一眼邮箱这样。"

"看邮箱，原来如此。"

"然后，就发生了事故。我是这么想的。"

"嗯……搞不好真是这样啊。"隈岛连连点头，看着平台上的谷尾。

"谷尾，你很了不起啊。真是帮大忙了。"

当然，并非只有隈岛被他帮了大忙。

姬川默默在脑中整理着谷尾的解释，寻找有可能成为问题的细节。这里应该不存在什么重大的矛盾——

不。

"谷尾，我能问个问题吗？"姬川走进仓库以来，头一次开了口。

"光检查平台上这些增幅器的运作情况时，为什么要从门口的插座接电？"

"什么意思？"

"她为什么要在地上拖那么长的排插线，特意使用远处的插座呢？"

"为什么……马上能用的插座只有那里吧。"

"可是这个仓库跟其他排练棚的布局一致，平台后面应该也有一个插座。"

说到这里，姬川故意停下话语，恍然大悟地点了点头："啊，因为平台上摆满了增幅器，不方便用插座。"

"就是这么回事。"

这里的排练棚除了门边的插座，平台的墙上也有一个插座。仓库当然也一样。然而，仓库的平台上摆满了增幅器，很难靠近墙上的插座。姬川认为有必要让在场的人都意识到这点。

"就因为这样，光才从远处拉了排插过来。"

谷尾以最理想的方式得出了结论。姬川偷看了一眼隈岛的表情，他也煞有介事地点着头。这下，姬川放心了。看来没有人会发现从门口插座接电的真正用意。

姬川之所以选择从门口的插座接电，就是寄希望于某个人进入昏暗的仓库时会绊到排插线。如果没有人绊到，姬川也会自己上去假装一番。但是当时竹内不负期待，完美地绊到排插线，弄掉了插头。

马歇尔增幅器的电源线从一开始就没有接电。姬川只用十九台增幅器就制造了跳闸。他将十九台增幅器连在两个排插上，又将连着两个排插的总排插接到了门口的插座上。那一刻，十九台增幅器同时启动，强烈的电量起伏导致了跳闸。这时如果总排插还连接着插座，电闸就无法复位，所以他不得不将插头拔出来。可是，他必须制造出某个人碰巧弄掉了插头的场景。因为插头从一开始就处在拔出的状态会很不自然，使光的活动路线变成穿过昏暗的仓库走到门口拔掉插头，然后返回内部挪动马歇尔增幅器。

"这下我大概知道光小姐的事故是怎么回事了。"隈岛严肃地说。

"她为什么要挪动增幅器，仓库为什么跳闸……这都多亏了你们几位，谢谢你们了。光小姐的经历得到了解释，她应该也会感到开心吧。"

说完，隈岛低垂着目光转向桂。

"好了，我们出去吧。一直站着肯定累了。"

一行人安静地离开仓库时，谷尾压低声音对隈岛说："隈岛先生，我想最后问个问题。"

"什么？"

"仓库跟户外相隔的卷帘门，是上了锁的吧？"

隈岛停下脚步，莫名其妙地看着谷尾。姬川也忍不住停了下来。

"哦……应该是从内部上了锁的。"

"钥匙在哪里？"

"说是在光小姐的牛仔裤口袋里。"

"这样啊。"

然后，谷尾就再也没有说话。

143

3

姬川等人又一次围坐在等待区的桌边。隈岛似乎有工作上的联络事项，笨拙地按着手机按键走了出去。

所有人都以不同的状态保持着沉默。

姬川注意到，坐在旁边的桂一直努力控制着泪水。他伸出手，试图触碰她的肩膀，可是桂一言不发地扭动身体，躲开了他的手。

"我再泡些咖啡吧。"

野际站起来走进了柜台深处，那里是一个狭小的茶水间。姬川看向墙上的挂钟，现在竟然才刚过八点半。自从六点走出排练棚，他觉得已经过去了至少半天。

他重新回忆起刚才在仓库的对话。

托谷尾的福，一切似乎都很顺利。可是他还有两点疑惑难以释怀。首先是卷帘门，谷尾最后为什么会问那个？还有一点，这是更基本，也更含糊的疑问——事情会不会过于顺利了？

如果谷尾没有做出如此完美的解释，隈岛恐怕不会如此轻易地放下跳闸和光试图在黑暗中移动马歇尔增幅器的疑问。不只是谷尾，现在回想起来，还有野际的话。

——是我让她把马歇尔挪下来的。

那是真的吗？野际会不会看透了姬川的所作所为，所以才出言相助？野际的话促使隈岛放下了疑问，作用大得让他忍不住心生怀疑。

冰冷的不安一点一滴掉落在心中，安静而难以忽视地堆积在姬川的内心深处。

"谷尾，你刚才问卷帘门的钥匙干什么？"竹内提问道。那正是萦绕在他脑中的问题，姬川听了不禁一愣。

"哦，我只是……想多做些思考。"谷尾头也不抬地回答。

"思考什么？"

"就是各种思考啊。"谷尾略显烦躁地皱起了浓密的眉毛。

"情况太不自然了。"

瞬间，周围的空气凝固了。

"……不自然？"

最先发问的人是桂。她绷着脸，笔直地注视着谷尾。

"对，仓库里的情况。我还是觉得很奇怪，太不自然了。"

"可是谷尾先生，你刚才——"

"刚才我只是尝试用合理的说法做出解释。可是——"

"可是你改变想法了？"竹内眨了眨眼睛。

"不是。我也不想怀疑什么，所以才会像刚才那样强行解释现场的情况，解释发生事故的必然性。那是因为我希望这是一场事故，希望光只是因为不够小心而丢掉了性命。"

"你希望……但那不是事实吗？"

"是不是事实，我们怎么会知道呢？"

"那到底谁知道啊。"

"当然是——"说到一半，谷尾闭上了嘴。

竹内催促他说下去，可是谷尾轻叹一声，凑近竹内另起了话头。

"你知道我刚才为什么要绞尽脑汁对隈岛先生做那种解释吗？"

"你不是说希望这只是一场事故嘛。"

听了竹内刻意强调的话语，谷尾摇摇头。

"告诉你一个特别简单的原因吧。听好了，如果那不是事故，结果会怎么样？在这个世界上，人只有四种死因。事故、自杀、包含病死在内的自然死亡，如果都不是，那就只有他杀。有人被杀了，证明有人杀人了。"

"那不是理所当然的嘛。"

"光死的时候，工作室里都有谁？你、我、亮、桂，只有这四个人。我什么都不知道。那意味着什么？就是剩下三个人。只剩下三个人啊。"

谷尾一口气说到这里，然后注视着竹内的脸，没有再说下去了。等到什么都不要再问了这一信息充分传达给对方后，他才移开目光。

"我就是不想考虑这种扯淡的事情，所以才做了那样的解释。"谷尾嘀咕道。

"这下你接受了吧？"

竹内没有回答。

他们再次陷入沉默。竹内有两次想开口，但每次都把话咽了回去。

原来是这样？姬川不动声色地缓缓吸了一口气，然后吐出来。谷尾之所以解释了一起如此完美的"事故"，原来是因为这样。这下他的疑问解开了。然而，情况也开始恶化了。

"其实我刚才对隈岛先生说的话——"野际端着托盘送来了五个纸杯。

"那是谎话。"

"谎话？"谷尾反问道。

野际放下托盘，慢吞吞地坐了下来。

"我不是说了小光为什么要把马歇尔增幅器挪下来吗？"

"嗯，是野际先生吩咐她挪的，这是谎话？"

"虽然不完全是，但的确是。"

"到底是不是啊？"

"半真半假吧。我只是吩咐光把那台又高又大的增幅器挪动到方便从平台上搬下来的地方。因为还要营业一周，说不定关张之前会有客人想用。"

"那就是你没有吩咐她搬到平台下面去？"

野际点点头，拿起纸杯喝了一口。

147

"野际先生，你为什么要说那种话，为什么要说谎，说这种半真半假的话？"

"跟谷尾一样。那个时候工作室里——"野际又喝了一口咖啡，叹息着继续说，"只有你们四个人。"

竹内一副百思不得其解的模样挠着褐色的头发。

"喂，你们两个怎么都在想这么奇怪的事情啊。光不是出事故死的吗？谷尾，你刚才说什么？谁什么都没做，还剩下谁？还有野际先生也是，你能不能别这样。工作室里只有谁？只有我们四个，你说真的吗？"

"我只是说也可以往这方面想象，我和野际先生都不是真的这么想。"

谷尾试图安抚，但竹内还是难以控制情绪。

"什么想象啊。这种莫名其妙的想象，交给隈岛先生或者你老爸不就好了。如果不是真心的，那就别说出来啊。"

"不是你让我说的吗？"

"我才不要这样。亮也是，桂也是。小桂，你不想这样，对不对？这样很难受，对不对？"

桂并不抬头，而是抿着嘴注视着眼前的纸杯。姬川也没有回答，只是微微收起了下颚。

"总之我不要这样……太难受了。"

竹内说完这句话后，所有人陷入了带着一丝怒气的沉默，视线纷纷散开。

姬川其实在一定程度上预料到了这样的发展。

毕竟这是他毫无计划、一时冲动做的事情。他猜到肯定有人会指出现场的不自然之处，怀疑这并非事故。只不过——

没问题的，姬川默默告诉自己。只要没有证据，就不会出问题。只要能一直隐瞒下去，就不必担心。没错，要一直隐瞒下去。只要能做到这点就行，只需这样就够了。

没关系。

没关系的。

4

"真不好意思啊,让大家久等了。还有野际先生,真是抱歉了。"

隈岛耸着宽厚的肩膀走了进来。他一边嘀咕着抱怨外面的风,一边搓着手往回走。

"隈岛先生也来杯咖啡吧。"

野际走向柜台时,隈岛应了一声,然后竖起三根手指。

"三杯,可以吗?"

"当然可以,不过——"

"我刚才联系了西川,他已经回到这附近了。"

隈岛在一把空椅子上坐下,带起一阵空气的流动。姬川闻到了夜的气息。

"三杯。呃,隈岛先生、西川先生,还有……"

野际掰着手指,说到这里就沉默了。他看向桂,桂注意到他的目光,大吃一惊地转向隈岛。

"西川找到家里去了,他也要一起过来。"

隈岛垂着目光说完这句话时,大门再次被人拉开。

"我回来了。"

西川尖瘦的脸后面，出现了一张姬川不认识的面孔。一个中年男人，略显稀薄的头发被发胶整齐地固定在头顶。

"……桂。"

男人对上桂的目光，露出了怯懦的表情。桂没有说话，反倒像主持守夜的主家接待吊唁客人一般，默默地行了注目礼。

"请问您是小野木聪一先生吗？"隈岛轻声问道。

"啊，是的，我是小野木。"

"真是辛苦您了。"

"那个，没事……"

隈岛挥手示意自己旁边的椅子，小野木弓着穿毛衣的身子，悄无声息地走了过去。

野际站起来，对旧友点头致意。

"在我的工作室里发生这种事，实在对不起。"

小野木惊讶地抬起双手，连连摇头。此间，桂目不转睛地盯着桌面，怎么都不愿抬头。

小野木聪一这个人与姬川听到的光和桂的描述截然不同。他不是深夜在Live House打鼓，过着自由散漫的生活，整天给家人添麻烦，但也以笨拙的方式深爱着两个女儿的浪荡男人。原来生活真的会改变一个人吗，还是说，人活在世上会慢慢发现最适合自己的生活？因为聪一这个名字与他父亲的名字宗一郎发音相似，姬川一直想象他是个坚韧的、具有自我的人。但是此时此刻，那已经变成了一个随处可见的平凡的名字。

不知为何，他想起了谷尾的话。

——所以到了那个时候，听录音就好了。

谷尾说，现在用MTR给演奏录音，等到上了年纪身体不听使唤的时候，听听就好了。

——毕竟录的是自己的演奏，听一听也挺来劲的，不是吗？

他这么说的确有道理。谷尾的话也许是对的。

三个月前，光见过这个父亲。当时她一定大失所望，一定感到了强烈的背叛。并且……

——可你不觉得那样很空虚吗？

——自己实际去演奏，发现跟以前不一样了，那才更空虚。

最关键的是，她一定无比空虚。

早知道就不该见面、不该看他了。早知道就不时翻出刻印在脑中的记忆，就此满足就好了。那一定是在漫长的岁月中让人保持幸福的唯一方法。

母亲的房间里摆满了姐姐的画。她每天都在画姐姐生前的样子。那是姐姐真实的模样。为了一直记得已不存在于世上的姐姐的真实样貌，母亲选择了这样的方法。母亲在那个房间里，日复一日地独自沉浸在对姐姐过往的回忆中。

隈岛对小野木解释了一遍光的"事故"。小野木像叹气一般"啊、啊"地应着声，全程表情紧绷，不时小声问一些毫无意义的问题。他始终关注着视野边缘的桂，因此，他说的话听起来都像在道歉。

"情况大体就是这样。"解释完后,隈岛向小野木深深鞠躬。

"这是一场不幸的事故,请您节哀。"

"不,您多礼了。"

小野木又一次抬起双手连连摇头。莫非他已经习惯了诚惶诚恐、畏首畏尾的举止?小野木的态度丝毫不像失去了亲生女儿的父亲。

这时,桂开口了:"您跟姐姐见过,对吧?"

"啊?呃,嗯。是的,前段时间。"

不知是因为突如其来的提问,还是桂使用的敬语,小野木似乎吃了一惊,表情僵硬地回答了她。

"你是……听光说的吗?"

"听野际先生说的。"

桂梗着脖子说完,又小声加了一句:"今天刚听说的。"

这就是姬川听到的父女俩最后的对话。

不久之后,隈岛示意姬川、谷尾和竹内三人可以回去了。桂和小野木要将光的遗体送到某大学附属医院存放。

"留你们到这么晚,真是抱歉了。明天大家都要上班吧。野际先生,也谢谢你了。今天先到此为止。"

"辛苦你了。"

"如果各位针对这起事故又想到其他信息,请尽管联系我。哪怕只是一点小细节也无所谓。"

隈岛先给野际发了名片,接着又给姬川他们发了。在"一课"的部门名称下面印着他的电话号码。

"放他们三个回去真的好吗?"西川看了一眼隈岛,小声说道。

"当然啊。"

"可是——"

"别说了。"

被隈岛阻拦后,西川不服气地闭上了嘴。

姬川十分在意西川刚才想说什么。这时他想起来,自从带回小野木,西川的眼神就比之前严厉多了。尤其在看向姬川、谷尾和竹内的时候。那跟他刚才想说的事有关系吗?除了这点,姬川还有其他在意的地方。刚才隈岛短暂离开过工作室,他说是出去给西川打电话了。可是若只打了一通电话,他在外面停留的时间未免有些长。隈岛在工作室外面停留的时间里,究竟做了什么?

"姬川,我能问个问题吗?"西川的目光锁定在姬川身上。隈岛像是要说点什么,但西川并不理睬。

"你与死者是男女朋友关系,对吧?她最近提起过什么事情吗?"

"西川。"

"请问是什么意思?"

西川无视了姬川的提问,又把问题重复了一遍。

"她最近提起过什么事情吗?"

"西川，快停下。"

此时姬川确信了，西川在说光怀孕的事。他应该主动说出来吗？当然，他并不打算假装不知。因为他已经在终止妊娠手术的同意书上签字了，撒这种谎迟早会败露的。

"没什么，亮，抱歉了。你回去吧，谷尾和竹内也是。"

谷尾和竹内莫名其妙地对视了一眼，但二人都没有多想，很快就拿起外套穿在了身上。谷尾背起贝斯，竹内把放在等待区一角的MTR装进大包里，姬川也把吉他盒挎在了肩上。

"那我们先走了。小桂，你有什么事都别客气，尽管说哟。"

竹内略显疲惫地说着，向桂挥手道别。谷尾也做了同样的动作。

"有困难就立刻联系我们。"

"谢谢。"

桂一次都没有看姬川。

三人转身走向出口时，西川突然说："野际先生，你这里有胶带吗？"

野际愣了一下，很快从柜台后面拿了胶带递给西川。

"你要胶带干什么？"

"用来调查你们几个，能不能再过来一下？不好意思，麻烦站成一排，背对着我。"

他们不明就里地照做了，西川把胶带剪成小段，一言不发地往三人的上衣后领处一下一下地粘贴起来。隈岛站在稍远处，一脸为难地看着他们。

西川应该在采集他们的毛发。姬川一下就想明白了,他这是要用来跟光的胎儿做DNA比对。

"谢谢,可以了。"

西川把用完的胶带贴在自己的记事本上,随后在空白的地方飞快地写了几个字。就在他要收起记事本时,动作突然停住了。因为小野木来到他旁边,畏手畏脚地伸着脖子,默默地把后领对准了他。小野木一定是没明白此举的目的,但觉得这非常重要,自己也要参与进来吧。无奈之下,西川只好做了同样的操作,把他的胶带贴在了另一页。其实警方并不需要采集光父亲的毛发,但他无法当场说出来。

隈岛送他们到了门外。

"隈岛先生,能告诉我一件事吗?"等谷尾和竹内先走出几步后,姬川问道。

"说吧,想知道什么?"

"这明明是事故,一课的您怎么来了?"

"那是……嗯?"隈岛若有所思地皱起了眉。

"这个问题好像有人问过一次,是我记错了吗?"

"你没记错。谷尾报警后,隈岛先生刚来到工作室时我就问了一次。"

"对对,没错。你那时问了同样的问题。当然,我的回答也跟当时一样。"

隈岛直起身子，温和地微笑道："以防万一。"

"可我越想越觉得不对劲。导致死亡的事故应该到处都是，如果调查一课的人每次都为了'以防万一'去现场查看，那本职工作就没时间做了呀。"

"我这次是正好有空，所以过来了。这我也说过的。"

"可是……"

"其实我也想问这个。"谷尾不知何时来到了他们旁边。

"我有个亲戚是刑警，所以我多少懂得一些。只是一场事故，一课的刑警却突然出现了，这种情况其实很少见吧？"

"啊……嗯，原来你有亲戚是刑警啊。"

"只是远房亲戚。"

隈岛皱着眉，来回挠着宽厚的下巴。最后他像是下定了决心，重新看向姬川。

"其实这次是我请求上司派我来的。"

"为什么？"

"接到事故报警时，我正好也在署里，无意中听见了报警内容，得知事故现场是这个工作室。于是我连忙一问，发现死亡的女性名叫小野木光……但我也不是因为熟人出事了就专门赶过来的。亮啊，你的事情，你知道，我是——"

见隈岛说不下去，姬川接话道："您是担心我吗？"

隈岛点点头。

"是吗……原来是担心我啊。"

他突然感到异常烦躁。

——不为什么,就是有点担心你。

以前,隈岛用同样的字眼解释过自己为什么总是出现在姬川面前。当然,无论是当时还是现在,隈岛的话应该都是发自真心。他一直在担心姬川,听说了Strato Guy的事故后,他最先想到的也是姬川。他一定是把小小年纪就失去了父亲和姐姐,跟母亲这个唯一在世的亲人也相处不好的姬川当成了自己不幸的亲戚。在此之前,姬川也很感谢他的存在。每次看见他,内心的寂寞和抑郁都能有所缓解。可是——

唯独这次,调查一课的隈岛出现在这里,只能让姬川感到烦躁和恐惧。

"能不能别这样了。"姬川躲开了隈岛的目光。

"过去那件事我真的很想忘记。我不想见到让我想起那些的东西,还有跟那件事相关的人。"

姬川当然知道这些话没有意义。隈岛作为警察组织的一员,已经负责了这次的事件。就算姬川说出这种话,他也不会改变行动。尽管如此,姬川还是忍不住说了出来。

"请您别再这样了。"

姬川背过身去,离开了隈岛。

5

"那是什么呀？"

姬川回忆着。

"好奇怪哟。"

二十三年前夏日的傍晚，姐姐的声音。

那时，父亲才刚开始在家疗养。有一天，远处传来了练习盂兰盆舞的太鼓声。当时应该是七月末或八月初。姬川坐在一楼厨房里边喝大麦茶边看电视，看完后上楼准备回到儿童房时，听见了姐姐的说话声。他以为是姐姐叫同学到儿童房去玩了。姐姐平时很少带同学回家，所以姬川有点紧张地上了楼，透过门缝悄悄窥视房间。

里面只有姐姐一个人。她坐在地上，侧脸沐浴着夕阳，定定地看着抱在腿上的狮子玩偶。

"你觉得呢？"

姐姐停顿了一会儿，像是在等待对方的回答。接着，她不作声地笑了。姐姐笑了好长时间，姬川从门缝里偷偷看了好长时间。他记得，那一刻姐姐的脸被夕阳照得发红，显得格外幼稚。姐姐到底在说什么，为什么会笑，他一点都不懂。但是姬川看见姐姐脸上的稚气莫名地感到高兴，忍不住叫了一声姐姐。

姐姐转过头时，脸上满是僵硬的震惊。

姬川问她在跟狮子说什么。姐姐没有说话，而是生气地摇了摇头。

姐姐再跟姬川说起这件事，是在几天后的一个夜里。那时，两人隔着铺在地上的画纸相对而坐，正各自在上面涂鸦。姐姐突然说了起来。

原来那是她经常梦见的场景。

"我突然被人捏了一把。"

"捏了一把？"

姐姐经常做那个梦。

"对，总是在同一个地方。"

"哪里？"

"这里，这一带。"

姐姐站起身，指了指格子裙的内侧。那是她双腿的根部，被内裤遮盖的地方。

"为什么那里会被人捏了一把啊？"

"我也不知道。那只是梦啊。"姐姐皱着幼小的眉头，困惑地摇摇头。

"好痛哟。我一直都想说不要。"

"那你干吗不说？"

"说不出来，我的嘴巴好像被人用力捂住了。"姐姐用自己的手掌使劲压住了双唇。

"是谁干的啊？"

"兔子。"

"兔子？"

"对，兔子。长得像外星人一样。"

"外星人？什么样的外星人？"

姬川完全听不明白姐姐的话，便把地上的画纸推过去，要她画出来。姐姐在纸上找了一块空地，用褐色铅笔边想边画了起来。姬川有点期待姐姐口中的"外星人"，便走到姐姐身边，几乎要贴到她的脸上，认认真真地看着她画。

姐姐画出来的，果真是一张宛如外星人的兔子的脸。圆圆的脸上竖着两只长耳朵，额头以上是一片褐色，像是戴了帽子。帽子把两只耳朵都盖住了。大大的双眼下面有两片黑色的阴影，看起来十分吓人。

嗯？姬川心里涌出了疑问。

"姐姐，这个兔子……"

那个瞬间他感觉到，自己认识这个兔子。

他认识这个兔子，甚至很熟悉。

可是那一刻，姬川怎么都想不起兔子像什么。唯有直觉告诉他，那是非常贴近他身边的存在。尽管如此，他还是无法确定。

楼下传来母亲用水的动静。

"但是，那明明是梦啊，为什么……"

姐姐困惑地歪着头，刚说到一半就沉默了。接着，她便久久地垂着目光，再也没有说话。

后来，姐姐再没提起过那个梦。她把那张奇怪的兔子脸揉成一团，扔进了垃圾桶。

当时，姬川睡在双层床的上层，很担心自己也会梦见睡在下层的姐姐做的梦，提心吊胆了好一段时间。但是后来，他彻底忘记了那个梦。直到现在，姬川都不知道姐姐画的兔子究竟是什么。无论他怎么想，都想不出来。

不——

这是真的吗？姬川扪心自问。我真的不知道吗？其实我早就知道答案了，不是吗？早就知道了兔子的真实身份，不是吗？我明明知道，却故意装不知道，不是吗？

6

"'过去那件事'是什么？"走向大宫车站途中，谷尾少见地露出了关心的表情。

"你刚才不是对隈岛先生说了这句话吗？"

"哦，没什么大不了的。以前我家里有人去世，也是隈岛负责调查。"

"家里有人去世，是你父亲吗？"

姬川没有告诉任何人他以前有个姐姐。

"可是亮，我记得你父亲是生病——"

"不是我父亲。"姬川犹豫了片刻，接着用了跟谷尾一样的搪塞之词。

"是远房亲戚。"

他们逐渐靠近车站，周围的人也多了起来。

"光为什么要把马歇尔增幅器挪下来呢？"竹内看着前方，自言自语地说道。

"当时都跳闸了，仓库里一片漆黑，她为什么——"

"够了，别说了。"谷尾低声打断了他。

"现在说这些也没用了。说到底，根本没有什么疑点。那个现场就不存在不自然的地方。"

与刚才在等待区落座时相比，二人的立场完全反转了。

"其实仔细想想，事故大体都这样。在电视上看到交通事故的现场，人们也经常会想：为什么会发生这样的事故？"

"可是今天光的事情，还是——"

"无论什么情况，都可能发生事故。有的人甚至因为香蕉砸到脚就死了。"

"那是怎么回事啊？"

"大约一年前，澳大利亚有个老太太准备吃香蕉，但是失手掉落了。香蕉尖正好砸到她的脚，造成了一点擦伤。后来那个伤口引发并发症，老太太没几天就死了。"

"真的吗？"

"我骗你又得不到好处。"谷尾哼了一声。

听了他的话，竹内完全泄了气，双手插在口袋里弓起了背，叹息着说："可是现在才九点多，怎么办？直接回去还是到舞之屋坐着说说话？"

"舞之屋不是在反方向吗？不过我倒是无所谓，反正回去一个人待着，只会想起光。"

"也是，亮呢？"

"我……想一个人待着。"

"是吗？"

最后，三个人再也没说话，还是一起走向了车站。

谷尾和竹内不再探讨光的死，他应该感到高兴。这两个人虽然不是刑警，但换个角度想，反倒是最应该警惕的对手。毕竟在光遇害的时候，这两个人都在工作室内。说不定在什么时刻，他们就会发现姬川没留意到的失误。最好把事情放下，任凭时间流逝，让这件事在他们的记忆中淡化，最后慢慢想不起案件的细节。

然而，事情并没有如此顺利。

谷尾察觉到了姬川的失误。

"……嗯？"他突然停下脚步，走在后面的竹内来不及停下，一头撞上了他的背部。

谷尾呆立在路中间，凝视着虚空像在思考什么。

"你干什么啊？"竹内盯着他的脸。

谷尾摇摇头说："没什么。"

"怎么可能没什么，快说啊。"

"没什么就是没什么。"

"说啦。"

"没……不对，等等……哎……"说到这里，谷尾再次陷入了沉默。竹内瞥了一眼姬川。姬川微微歪头表示不解。

"竹内……你帮我回忆一下。"

谷尾呆呆地看向竹内。在十字路口转弯的卡车的大灯照亮了他的脸，一瞬间让他看起来像个陌生人。

"你进仓库时——就是推开被低音鼓挡住的门进去时，好像动过电灯开关吧？啪嗒啪嗒地按了好几下，对吧？"

165

"啊？嗯，因为里面太黑了，我当然想开灯。可是跳闸了，灯没有亮起来。"

"没有亮起来，这我知道。我想问的是当时开关朝向哪一边。你碰到开关时，它是朝上，还是朝下的？"

"我怎么可能记得啊，里面那么黑。"

"你按了几次？"

"几次？"

"当时你按了几次电灯开关？"

"你要我回忆这个？那怎么回忆啊，我就是随便按了几下。"

"是奇数还是偶数？"

"想不起来了。"

然而竹内被谷尾的气势压倒，终于还是抱着胳膊沉思起来。

"首先，我挤进门缝……右手伸向墙壁……啪嗒啪嗒……不对，是啪嗒啪嗒，啪嗒……嗯？啪嗒啪嗒啪嗒……啊啊，对了，是啪嗒啪嗒啪嗒。"

竹内抬起头："我想起来了，是三次，不会有错。"

糟糕——姬川浑身都僵住了。

谷尾犀利地瞪了一眼竹内。

"那不就证明仓库的电灯本来就没开吗？"

姬川感到潮湿而冰冷的不安迅速蔓延到全身，不得不全力控制住了双腿的颤抖。

"电灯没开？什么意思？"

"很简单。我在办公室复位电闸的同时,仓库就亮灯了。那也就是说,当时电灯开关在'开'的位置。如果你按了三次按到'开',证明在你碰开关之前,它是——"

"'关'的状态?"

"没错。"

三人的视线迅速交错。

"会有人关着灯整理仓库吗?"

谷尾不像在对竹内和姬川说话,而像在对自己发问。

7

姬川回到住处，扔下吉他盒，立刻走进了淋浴间。他把水量开到最大，定定地注视着顺着额前发丝滑落的水流。

他就这么一动不动地站了许久。

"可能是我记错了呀。搞不好我并没有按三次开关。"

因为竹内这句话，他们在路上的讨论无疾而终。

"也许电灯本来就没关，是我按了四次或者六次开关啊。"

谷尾似乎并不信服。但他们没有再讨论下去，而是径直走进大宫车站，然后分道扬镳。

开关。

"是那个时候……"

开关。

这完全是姬川的失误。他在光遇害的现场——仓库里布置跳闸诡计时关掉了电灯，只借助小窗透进来的微光完成了作业。因为他担心有人在门外看见他的身影。

连接好增幅器和排插，制造跳闸之后，姬川忘了把电灯开关切回去。他真的疏忽了。这次还算幸运，话题到最后无疾而终。可是电灯这件事难保不会再被提起来。不只是电灯，他也许还犯了自己尚未察觉的其他重大失误。

他感到全身发麻,仿佛有人夺走了他一半的呼吸,不得不强忍着内心随时都要爆发的不安。

夜深人静之时,电话响了。

黑暗的房间中,发光的手机屏幕只显示了"匿名号码"四个字。

"……你好。"姬川接起了电话,对方一言不发。莫非信号不好?不对,他听见了微弱的呼吸声。

不一会儿,听筒里传出了声音。

跟母亲略有些相似的,沙哑的女声。

"并没有上厕所呢……"

然后,电话就挂断了。

* * *

"我去联系Good Man吧。出了这种事,想必都没心思演出了。"

"也对。"

跟姬川和谷尾道别后,竹内浑身无力地走向野田线站台。他边走边拿出iPod,塞好耳机。他并非想听音乐,只是习惯使然,所以在操作按键时,他才发现自己现在并不想听音乐。

直到这时，他的感觉才渐渐追上现实。

从高中开始相识了十四年的光，死了。

竹内默默地走在人潮熙攘的大宫车站内部。明明是星期日的晚上，周围却挤满了醉酒的乘客，可能因为正值年会的时节。与其听他们在那边吵吵闹闹，不如调高音量随便听点曲子。竹内打开了iPod，按下播放键后，今天走进Strato Guy时听到一半的*Mr. Big*（大人物合唱团）的专辑继续播放起来。伴着原声吉他的悠扬旋律，主唱用忧愁的声线唱着抒情的曲子。那是在翻唱卡特·史蒂文斯的*Wild World*（狂野世界）。

But if you want to leave, take good care.
如果你想离开，请保重。
Hope you make a lot of nice friends out there.
希望你在外面，结交许多朋友。
But just remember there's a lot of bad and beware.
但是你要小心，那里也有许多坏人。

竹内几乎是下意识地按了停止。

"……饶了我吧。"

人类真的很任性，只有在心情平静、没有任何问题的时候，才能陶醉于无尽哀伤的诗歌。真正哀伤心痛之时，那些诗歌就成了刺耳的噪声。旁观悲伤是那么惬意，一旦悲伤降临，就变成了彻头彻尾的不愉快。

"还是听亨德里克斯吧……"

光很喜欢吉米·亨德里克斯。竹内用拇指轻触iPod屏幕寻找曲子。他记得这里应该有几首大和弦的明快曲子。他低头看着iPod屏幕，盲目地移动拇指。

他的动作突然停了下来。

屏幕上显示着一行文字——Thing in the Elevator。这不是曲子，是竹内用MTR创作的"作品"。上周，他想在演奏之前播放这段作品，专门用MTR录下来，放给姬川和谷尾听过。

我为什么停下了动作？竹内暗自疑惑。

对了，刚才我脑中好像响起了小小的声音。这就是直觉吗？看见这行字时，竹内感觉到了什么，所以停下了动作。怎么回事，我究竟看见了什么才会这样？

——关于这个电梯，你们最近听说什么奇怪的传闻没？

竹内想起了自己在家中录的角色台词。

——据说这个电梯里……有那个。

内容讲的是社长死去的儿子出现在电梯里，说白了只是个老套的怪谈。可他为何会如此在意？

——没错。就是站在电梯里，旁边不知不觉就多出一个年轻男子。

"不知不觉，多出……"

那个瞬间，竹内突然鲜明地回忆起了那时的情景。

漆黑的仓库，点不亮的电灯，竹内挤进了被低音鼓挡住的大门，他边走边呼唤光的名字，谷尾和桂也跟了进来。然后——

——你们在这儿啊。

背后传来了姬川的声音。此前，姬川一直在外面寻找野际。所以竹内当时想，他一定是放弃搜寻回到了Strato Guy。可是……

"真的吗……？"

真是这样吗？姬川当时真的刚回到工作室吗？

不知不觉，姬川就在仓库里了。

不知不觉，他就出现在了竹内等人身后。

如果是幽灵，在哪里出现都不奇怪，但姬川是有血有肉的人。一个大活人突然冒出来只有两种可能。一种可能很单纯，就是周围的人没有发现他靠近。姬川出现在竹内他们身后时就是这样。至少他以为是这样。可是还有另一种可能，那就是——

从一开始就在那里。

竹内脑中突然闪过一个猜想。那实在太无稽，他很快就想将之抛在脑后。可是，他不能。无论如何都做不到。

被低音鼓挡住的仓库大门。竹内等人强行推开大门挤进仓库时，姬川会不会已经在那里了？他会不会早已潜伏在那片黑暗中？若问为什么，姬川可能在同竹内与谷尾走出工作室后，悄悄回到那里，进入了仓库。接着，他杀害了光，伪装成事故，故意引发跳闸让电灯无法点亮，并潜伏在里面等着竹内他们进来。随后，他又在黑暗中绕到竹内他们背后，上演了一出刚从外面回来的戏码。

"那种事，真的有可能吗……"

当然不可能。就算想这么干，也不会成功，因为当时桂留在工作室里。桂并没有跟他们出门找野际。姬川叫她留下，看看野际会不会自己回来。他怎么可能偷偷回到工作室，瞒过坐在等待区的桂走进仓库——

不对，等等。

"卷帘门……"

那个仓库有通向户外的卷帘门。姬川可以借口外出寻找野际，绕过建筑物从卷帘门进入仓库。就算上了锁，只要姬川喊一声，光肯定也会在里面给他打开。听隈岛说，卷帘门是从内侧上的锁，钥匙就在死去的光的口袋里。可是那很容易伪装——也许姬川吩咐桂留在等待区，就是为了让她证明自己并没有返回过工作室。没错了。这么一想，电灯开关也就能说通了。姬川在布置跳闸时关掉了电灯。为什么呢？因为万一桂无意中走到仓库门口，就能透过小窗清楚地看到里面，就能看见光的遗体，还有正在连接增幅器与排插的姬川。所以姬川才关了电灯，用低音鼓挡着仓库门摸黑作业。可是在跳闸后，他忘了重新打开电灯开关。

何等无聊，何等无稽的想法。为什么姬川会杀光呢？光和姬川已经交往了很长时间。虽然他们都不是感情外露的人，让人很难猜透他们的关系，可竹内怎么都想象不出姬川会有杀了光并伪装成事故的动机。

可是，有一件事，竹内非常在意。

一个星期前，他们结束了在Strato Guy的排练后，一只螳螂在工作室门前的人行道上排出了令人寒毛倒竖的铁线虫。那时，姬川突然一脚踩了下去。他的行动无比唐突，且令人费解。他第一次看到那样的姬川。姬川当时的模样，直到现在都残留在竹内脑中，像肿瘤一样阴魂不散。

据说这世上存在着反社会型人格障碍（APD）。

竹内的姐姐在平塚当精神科医生，所以他听姐姐说起过。那种人不算是精神病，只是拥有不正常的人格，稍早以前还被称为精神变态者（psychopath）。据说其中有很多人都是因为家庭等原因在成长过程中遭受了强烈的精神压力，最终变成这种人格。十几年前在姐姐所在的大学附属医院，一位接受完APD治疗的患者制造过凶残的杀人事件。

姬川小时候经历过丧父之痛，连他母亲这个最后的亲人好像也因为他父亲的死而遭到精神重创。不仅如此，竹内早在上高中时就好几次怀疑姬川在刻意隐瞒某些关于家人的事情。竹内一直都觉得，姬川隐瞒的那件事始终重重地压在他的心头。竹内并不知道那件事具体是什么，但有没有可能，姬川在成长过程中因为那件事而受到了精神上的伤害？

"那家伙……"竹内呆立了好一会儿。

接着，他飞快地转过身，朝着宇都宫线的站台跑了起来。装着MTR的袋子，在他身后发出沉闷的碰撞声。

他一下就在人群中看到了谷尾的黑色贝斯袋。谷尾正准备跟其他乘客一起走进刚到站的电车。

"喂，谷尾！"

谷尾回过头，脸上闪过惊讶，但马上离开了电车，朝他走过来。

"竹内，你干什么呢？"

车门关闭，电车抛下谷尾离开了。他回头看了一眼，又一次看向竹内。

"抱歉，谷尾。我怎么都——"竹内飞快地说出了刚才的思考。

谷尾几乎全程默不作声，略显无奈地听他说完了。

"当然我也不是真心觉得亮杀了光，可是……"

"你说不是真心……可你刚才跑得倒是很拼命啊。"

谷尾没有掩饰困惑的神情。他似乎一时半会儿决定不了自己该如何反应。

"竹内，如果要谈那种事，还是换个地方吧。这里不方便。"

"在这里没什么啊。如果你不想站着，就在那边的长椅上坐下吧。"竹内转身走向长椅，却被谷尾拉住了。

"不，我是说这个站台不方便。"

"为什么？"

"亮乘坐的高崎线站台就在对面。要是他看见我们两个说悄悄话，肯定会起疑吧。"

"他能发现我们吗？"

二人身边有许多刚下车的人，也有渐渐聚集到站台上的新乘客。

"能发现的。"不知为何，谷尾的语气突然变强硬了。

"先下楼梯吧。"

谷尾带头走出站台，下了楼梯。等竹内跟上他的脚步后，谷尾直视着前方说道："原来……你因为电梯的录音也想到了这个啊。"

"也想到？"

"其实我也有跟你一样的想法。"

竹内忍不住看了一眼谷尾的侧脸。

"什么时候开始的？"

"刚才大家一起走进仓库的时候。所以我当时才会问隈岛先生卷帘门是不是上锁了，钥匙在哪里。虽然结果没什么参考作用。如果亮真的从卷帘门进来，并一直潜伏在仓库的黑暗中，钥匙肯定会被塞进光的口袋里。只不过——"

谷尾加重了语气："我也跟你一样，并没有真的怀疑亮，只是模模糊糊地觉得也有那种可能性，仅此而已。"

谷尾领着竹内走到车站内没什么人的角落，卸下肩上的贝斯袋竖在地上，双手交叠搭在上面，注视着竹内。

"现在只能说……亮的确有条件杀死光。至于亮有没有做这件事，那就是另一码事了。我们再怎么猜测也没有意义。"

"话是这么说——"

"总之你先冷静，竹内。"谷尾劝诫道。

"光我们两个激动也没用，先静观其变吧。如果真的是亮干的，他肯定瞒不了多久。已经有数不清的推理作家证明过，伪装成事故的谋杀迟早会露馅儿。"

然而，这个说法并不能让竹内冷静下来。

"既然如此，我们就找出亮没有杀人的证据吧，好不好？只要找到那个证据，我也能放心了。可我们又不能去问他——"

"疑似的证据，我有一个。"

竹内闻言惊呼了一声。

"你有亮没有杀人的证据？在哪里？"

"那里。"谷尾指着竹内的手说。

"我的手，你在说什么呢？"

"你仔细回忆一下。发现光的遗体时，你跟桂都触碰过她的身体，对不对？"

"嗯，我们想把光从增幅器底下拖出来，因为当时我们不知道她活着还是死了。"

"那一刻，你有什么感觉？"

"我觉得她死了。光已经死了。"

"为什么？"

"什么为什么，都碰到身体了，肯定知道啊！光的身体已经彻底凉——"说到这里，竹内恍然大悟。

"对啊……她都凉了。"

那一刻,光的身体已经凉了。

"对吧?"谷尾继续道。

"身体凉了,证明光已经死亡了一段时间。如果亮假装外出寻找野际先生,再从卷帘门进入仓库杀死了光,我们发现光的遗体时,她应该刚死不久,身体不可能是凉的。"

"对啊……"竹内似乎被说动了,但他很快又看向谷尾。

"可是谷尾啊,这真的能算证据吗?当时仓库没开暖气,对不对?所以就算刚死不久,身体也可能会凉吧?"

"那种事也并非不可能。"

"那不就——"

"既然如此,那就确认一下光的死亡时间吧。"

谷尾掏出大衣内袋的钱包,从里面抽出一张长方形的纸片。那是隈岛在Strato Guy发给他的名片。

"你问问隈岛先生吧,他那边可能已经掌握大概情况了。"

"啊?我问吗?"

"不是你想知道吗?"

竹内犹豫了一会儿,最后为了让自己的心情平静下来,还是拿出手机拨打了名片上的号码。接电话的是一名女性,对他说隈岛还没回来,竹内说想联系隈岛,她就要他留下了电话号码。通话结束没多久,隈岛就用手机打来了电话。

"竹内吗?你刚才联系我了?"

"啊,是的。那个,我有个问题想问你,请问现在方便吗?"

"方便,我在医院外面呢。"

刚才隈岛的确说了要带桂和小野木去保管光遗体的医院。

"光的遗体已经验尸了吗?"

"嗯,因为医生正好有空,你们还没离开工作室时已经——"

几秒钟的停顿。

然后,隈岛谨慎地问道:"……你问这个干什么?"

"啊,没什么,我就是想知道光大概什么时候死的。要是方便说的话,你能不能告诉我……"

隈岛再次陷入了沉默。这次过了好长时间,他才重新开口。

"医生的报告上写着大约下午四点。"

"四点……"

竹内闻言,心里的大石头一下就放下了。四点是他们刚开始排练的时间。

姬川果然没有杀害光,没有潜伏在黑暗的仓库里。

"谢谢你,这下我就放心了。"

"放心?"

隈岛疑惑地反问回来,但竹内没有多说什么,再次道谢后结束了通话。

"喂,谷尾,光是四点前后死的。"

谷尾听了他的话,不知为何脸上出现了阴霾。

"是吗……"

179

"干什么啊，这不是好消息吗？"

"嗯，话是这么说。"

"你还有什么疑问吗？"

"不，倒也不是。"

"什么嘛，快说吧。"

"没什么。"

"你说啊。"

谷尾不情愿地叹了一声。

"那我可就说了，竹内。四点前后正好是我们进排练棚的时间吧？"

"嗯，就是那个时间。"

"你还记得吗？今天刚开始排练没多久，亮做了什么？"

"亮做了什么……"竹内重复了他的话，开始回忆当时的情景。

"对了，那家伙少见地去了趟厕所。"

"不对。"谷尾阴沉着脸摇了摇头。

"确切地说，他说了要去厕所。至于他到底有没有去，只有本人才知道。"

"那就是说……"竹内哽住了。

谷尾叹息着接过话头："他也可能去了仓库又回来了。"

第四章

> 我家小子一无是处
> 总是藏在木头与木头之间
> 但凡出来准没好事
> 多少像个人啊　对吧
> 多少像个人啊　对吧
> ——Sundowner *Don't Push, Don't Pull**

* 意思是"不要推,不要拉"。

1

人生是对艺术的模仿。

姬川总算想起了野际以前提到过的人生观。当时姬川也表达了一把年纪还在搞翻唱乐队的空虚。

"这是一个跟希区柯克关系很好的美国作家说的话。"野际坐在Strato Guy的等待区陪姬川喝咖啡时,曾自言自语地说道。

"其实有点道理。也许人都在模仿不知什么时候看的电影、绘画,还有听过的音乐,过着自己的生活。不管那是有意还是无意的。"

"就这么活着、变老,究竟有什么意义呢?"姬川反问了一句。

野际露出意外的表情,回答道:"当然有了,因为模仿是获得个性的手段。"

"手段?"

"所谓个性啊,如果不拼命模仿什么东西,是绝对无法形成的。如果从一开始就只追求独特的东西,肯定不会那么顺利。无论是音乐、绘画,还是人生。"

真的吗?

——是用尽全力去模仿。

曾经，父亲也看着梵高的仿作，说过类似的话。

此时此刻，姬川沉思着。他做了二十三年前父亲做过的事情，他用尽全力模仿了。他在最后一刻迎接的罪孽的结局，会与父亲有什么不同吗？

距离在Strato Guy的谋杀已经过去了三天。今天是星期三，姬川跟公司请了假，来到市内的殡仪馆参加光的告别仪式。周围的人假装严肃地进行着事务性的工作，姬川则一直看着坐在空荡荡的家属区的桂。她与她的父亲并肩而坐，挺直着身子认真倾听僧侣诵经。她看起来一动不动，甚至像是没有呼吸。那双笼罩着淡淡雾霭的眼睛，注视着香炉里的缕缕青烟。

与参加告别仪式的人一同离开会场时，姬川最后看了一眼桂。桂也在看着姬川，可是她的目光被二人中间走过的黑衣人群打断成了无数的碎片。

"亮，你接下来有什么事情吗？"

走出殡仪馆大门后，姬川被竹内叫住了。谷尾也在旁边。他先前已经看见二人来参加告别仪式，只是因为座位相隔太远，并没有说什么话，只对彼此微微颔首打了招呼。

"你要是有时间，能跟我们一起走吗？咱们三个说说话吧。"

"要聊光吗？"

"嗯,没错,聊她。"竹内的微笑有些僵硬。

他犹豫了片刻,最后还是摇了摇头。

"不好意思,今天我想一个人待着,想想事情。"

"可是,亮——"

谷尾轻喊了竹内一声,没让他说下去。他先看了一眼竹内,继而看向姬川。

"我知道说什么都没用,但你别太难过了。要是一个人待着不好受,就打电话给我。至少能陪你说说话。"

姬川点点头。谷尾注视着他,继续说道:"只要是我能做的,你尽管说。"

说完,他就催促着竹内一起离开了殡仪馆。

姬川目送那两个罕见地身穿丧服的身影离开,想起了三天前的夜晚。

凌晨一点多,他接到了竹内打来的电话。正好是接到那通奇怪电话的十分钟后。姬川坐在昏暗房间的一角,凝视着拿在手上的手机,它突然又响了起来。姬川吓了一跳,连忙看向来电显示,那上面不再是"匿名号码",而是"竹内耕太"。他这才松了口气,按了接听键。

"亮,你醒着吗?"

"嗯。"

竹内很担心姬川。刚才谷尾也表达了同样的想法。他认为光的死可能给姬川造成了很大的打击,表示愿意尽力帮忙。那天,竹内最后说的话也一样。

"只要是我能做的，你尽管说。"

然而，就算是有多年交情的朋友，在一些事情上也很难帮忙。姬川短促地道谢之后，结束了通话。

走出被龙柏围绕的殡仪馆场地后，姬川发现视野边缘出现了一个人影。

"等你好久了。"

是隈岛。他今天只有一个人，西川没来。

隈岛挠着花白的头发，微笑着走了过来。

"你是担心我，所以过来了吗？"姬川讽刺地说。

"我这人就是爱操心，没办法。"隈岛眯着眼笑了。他的表情似乎真的别无他意。

"光的事故，后来还有什么新消息吗？"

"嗯，是有一点。"

"什么？"

隈岛脸上还带着笑，默默地看了姬川一会儿。他慢悠悠地眨巴几下眼睛，轻握拳头摆在唇边，歪了歪头。

"我们找地方坐坐吧？"

他本以为隈岛要找他喝酒，但是猜错了。

"这附近有个店的咖啡很不错。"

"谢谢你的好意，可是今天——"

"我有很重要的事情要跟你谈。"

隈岛的微笑背后，似乎闪过了锐利的目光。

"这里的咖啡连西川都夸好喝呢。他家可是在町田开咖啡豆专卖店的。"隈岛手肘撑着吧台，喝了一口黑咖啡。咖啡杯在他粗壮多毛的手上，看起来比姬川的杯子小了许多。

"你是不是觉得，西川那人有点奇怪啊？"

"嗯，有一点。他好像……特别喜欢工作。"

"其实他也是在赌一口气啊。"隈岛注视着咖啡杯里冒出的热气。

"他跟父母关系好像不太好。虽然我没见过，但听说他父母属于性格特别闲散的人。西川从小就特别讨厌他们那样。你说这样的孩子厉不厉害。他看着自己的父母，早早就下定决心，绝不要变成跟他们一样的人。"

"所以他当了刑警吗？"

"可能是吧。"隈岛微笑着说。

"看着他啊，我就想起自己的儿子了。那小子是不是也像他这么努力呢。对了，我儿子是刑警，你——"

"以前听说过。"

隈岛的儿子在神奈川县的辖区警署工作。

"那小子每次见到我就说，我不是追随老爹你的脚步当了刑警，而是凭自己的意愿当的。他跟我不一样，参加晋升考试什么的都特别积极，肯定要不了多久就能超过现在的我了。我一直忙

187

着查案子、查案子、查案子，根本没时间复习考试，这么一年又一年的，就忙到退休的年龄了。"

隈岛喝了一口咖啡，又盯着杯子说："我猜，儿子大概都不愿意模仿父亲吧。"

他究竟想说什么？姬川无法从隈岛的侧脸窥见他的内心，于是他也喝了一口咖啡，故意发出啜饮的声音假装随意。

"你刚才说有重要的事？"

隈岛像是从梦中惊醒般抬起头来。

"是关于光小姐的解剖结果。星期天你们走之前，其实已经出结果了。"

隈岛放下咖啡杯，看向姬川："她怀孕了。"

这是姬川早已料到的答案。他点点头，平静地说出了事先想好的话。

"是我的孩子。"

隈岛略显惊讶地看着姬川，继而说了一句"这样啊"，重新转向吧台。

"我们查到她预约了妇产医院，像是准备终止妊娠。光小姐去世那天，我们也在她放在办公室的包里发现了终止妊娠的同意书。"

"是我签了名的。"

"没错，是你事故一周前签了名的文件。"

"她遗体的口袋里是不是还有钱？"

"的确有钱——那是你给的？"

姬川点点头。

"是终止妊娠的费用。"

"原来是这样。这下总算知道那些钱的来头了。"

隈岛忧心忡忡地敲了一会儿自己的脑袋。

"你要说的只有这些吗？"

姬川想快点离开这里，一口气喝完了剩下的咖啡。他放下杯子，伸手去拿胸前口袋的钱包。可是听到隈岛下一句话时，他的动作停住了。

"也许，光小姐的死不是事故。"

那句话像一盆冷水浇在姬川头上。

姬川右手插在胸袋里，缓缓看向隈岛。他很小心地控制着表情，只表现出纯粹的意外——极力压抑着恐惧。

"什么意思？"

"昨天出了详细的解剖结果，关于导致光小姐死亡的后头部的创伤。结果表明，那并不仅仅是因为增幅器倒下的冲击。"

"呃，那是……"姬川飞快地寻找着合适的话语。

"难道光是被别的东西打到脑袋了？"

"不是那个意思。可能我的说法不太准确。根据伤口形状判断，可以认定击中光小姐后头部的东西是那台增幅器，就是伤的深度有点问题。"

"什么问题？"

"如果只是被一百千克重的东西倒下来砸到,她头盖骨的凹陷显得过于严重了。"

姬川的手脚顿时失去了感觉,仿佛神经被切断。一时间,他找不到回应的话语。

"当然这只是一种可能性。医生说,如果有一个成年人站在增幅器后方,靠自己的体重用力推倒了增幅器,或许就会造成那种程度的头盖骨凹陷。"

说到这里,隈岛眯起眼睛安慰道:"不过亮,我要再强调一遍,这只是一种可能性。凭借现在的技术,还无法准确测算出击中头盖骨的物体具体有多重。"

随后隈岛沉默下来,静静地注视着自己放在吧台上的拳头。

隈岛为何要跟他说这个?

为什么要专门等着他,把他拉到咖啡厅里,告诉他光的解剖结果?

2

那天夜里,姬川在桂的家门前静静地等待着。他像父亲盯着墙壁那般,直视着正前方黑暗中的房子。

——我做了正确的事。

父亲的话反复在他耳边响起。那句话像脑子里的肿瘤一样不断膨胀,随着姬川的心跳在头盖骨内萦绕不散。我做了正确的事。我做了正确的事。我做了正确的事。我做了正确的事。

九点刚过,他听见一串缓慢的脚步声走上了楼梯。

"……姬川哥。"

身穿丧服的桂站在荧光灯闪烁的外部走廊上,困惑地看着姬川。她手上只有一个黑色手提包,没有别的行李。

"光呢?"姬川问。

"啊……你说牌位吗?放在越谷亲戚的家里了。原本我也不知道姐姐被带到那边去了,亲戚家的人叫我今天先回来休息。"

"是吗……"

"你什么时候来的?"

"很久了。"

"你在等姐姐吗?"

姬川含糊地摇了摇头。

桂慢慢地走了过来。她躲开姬川的身体，打开门锁，走进昏暗的房中。姬川转了过去，门在他眼前安静地合上了。他开不了口，桂的名字在他嘴边悄无声息地飘散了。

门完全合上的前一刻，穿着丧服的手臂伸出来，粗暴地拽住姬川的大衣，把他拉了进去。他在冰冷的外廊站了太久，僵硬的双腿轻易就被拽了个踉跄。等回过神来，他已经跪在了玄关里面。背后传来关门的声音，下一个瞬间，姬川就被桂纤细的双臂抱住头，整张脸陷进了她的腹部。

"我知道。"桂的声音细细颤抖着。

"我都知道。"

窗外的月光倾洒在床边的玻璃茶几上。桂的鼓槌随意散落在旁边。那两支鼓槌在桂手上灵活翻动时，像矿物的结晶一样强硬，又像空气一样轻盈。现在凑近一看，鼓槌的表面却十分毛躁，显得无比脆弱。

姬川想起了二十三年前看见的颜料管。

姐姐死后数日，她的班主任把她在学校用的教材、文具装在纸箱里送到了家中。箱子里有一套颜料。姬川一眼就认出了它，因为姐姐有时会把它带回家画画。树脂材质的软管在姐姐手中是那么晶莹剔透。他真的这么想。姬川总是觉得，如果他也能用上那样的颜料，肯定能画出漂亮的画。可是姐姐死了，被迫与姐姐分开的颜料变得截然不同。软管上到处都沾着干掉的色彩，写着颜色名称的方形标签也残破不堪。姬川看了，不禁异常悲伤。

"这块石头……"

听见桂的声音，姬川向她看去。

"会随着月亮的盈缺变化颜色。"

桂的身影就像被冲上岸边翻了白肚的鱼。她仰躺着，身上没有一丝遮盖，双手无力地放在两侧，静静地呼吸着。在她胸前反射着微光的物体，正是那颗月光石。

"但我觉得应该是假的，因为我从来没见过。"桂捧起月光石在月光下打量。她手掌上贴着一块创可贴，也许是打鼓磨出的水泡破了。月光打在石头表面，微微照亮了有点脏的创可贴。

桂把月光石轻轻放回胸口。

"听说把石头放在胸口死去，那个人的灵魂就会升上月亮。"

"那也是假的？"

"我觉得是。"

桂看向姬川："要不要一起死？"

姬川点点头。

桂注视着姬川，缓缓眨了一下眼，然后突然说："那天……我们排练结束后，谷尾哥想去仓库叫姐姐，你还记得吗？"泪水从她的眼角滑落。

"姬川哥当时阻止了他。"

姬川摇摇头："不记得了。"

"是姬川哥干的，对吧？"她的声音跟刚才一样，安静而沉稳。

"是为了我吗？"

姬川没能回答她。他移开目光，定定地看着玻璃茶几。两支鼓槌在他的视线中渐渐扭曲。

"告诉你一件事吧。"

桂扭了一下身子，床发出嘎吱声。

"你猜，那天最让我伤心的是什么？"

"光离开了这个世界？"

"不对。"桂回答。

"是我并不伤心。"说到最后，她的声音微微发颤。

"姐姐死了，我也没觉得伤心。我真的一点都不伤心——这让我伤心极了。"

她的声音中断，变成了细细的呜咽。桂像是极力控制着强烈的感情，殊死反抗着令人难耐的悸动，断断续续地说了下去。

"姐姐早就知道了……她知道我一直惦记着姬川哥……姐姐总是对我说……姬川哥是怎样跟她在一起的……她总是，故意告诉我……"

姬川一句话也说不出来。

"所以我才没有伤心……所以我才那么伤心。"

姬川抱住了桂。桂的双臂紧紧搂着他，颤抖得更厉害了。她放声大哭起来，像个受了伤的孩子一样，在姬川怀里大声哭泣。

3

桂跟他说了独角仙的故事。

"小时候,爸爸带着我和姐姐去橡树林抓独角仙。"

说是橡树林,其实只是被田地和民宅包围的一小片树林。

"草丛里有好多看不见的虫子在叫,空气里飘荡着树液酸溜溜的气味,我们的声音显得特别响亮——"

那天,他们并没有抓到独角仙。

桂说,他们遇到了熊。

"熊?"

"树丛的叶子突然动了一下。我和姐姐见了都很害怕,觉得那可能是熊。爸爸故意很严肃地盯着那边,想要吓唬我们。"

桂胸前放着月光石,看着天花板微笑起来。一边微笑,一边哭泣。

"那时我可喜欢姐姐了,也可喜欢爸爸了。所以他们手牵着手走开时,我真的很伤心。"

"他们先走了?"

"姐姐和爸爸的关系一直很亲密。可能因为我跟姐姐相差了五岁,做什么事都慢吞吞的,所以爸爸总是更喜欢姐姐。他们经常牵着手散步,在家里看电视也紧紧贴着彼此。因为爸爸很难得才回一次家,所以我每次都要拼命忍着不哭出来。"

桂看着姬川笑了。

"因为这些事,我越来越讨厌姐姐了。那时我还是个孩子,现在也还是孩子。"

"可是……你为什么要跟光一起生活?"

"高中毕业时,我是想过离开姐姐独自生活。但是我又想,如果离开了,我可能再也无法喜欢上姐姐。妈妈走了,爸爸也不回来……我只有姐姐这一个亲人,姐姐也只有我——"

她的话语中断了。

姬川伸出手,轻抚她沐浴着月光的发丝。桂的发丝手感微凉,仿佛过滤掉月光,只留下苍白的冷气。他嗅到了熟悉的气味,近乎甜香的,姐姐的气味。他最喜欢的姐姐的气味。他把桂揽入怀中,闭上了眼。

也许,人在睡着时是最随心所欲的。

再次睁开眼后,姬川这样想道。

有的人轻手轻脚地钻进与亲爱的人分享的被窝,生怕吵醒了对方,却在睡着后打起了响亮的呼噜,惊扰爱人的安眠。有的人担心小猫着凉,将其搂在怀中睡到天明,起来却发现小猫已经在自己的胸口被闷死了,只剩下一具冰冷的尸体。

姬川不知何时放开了自己紧紧搂住的桂,回过神来,已经独自俯卧在床上。

"你平时都是这样睡觉的吗？"

听见桂的低语，他抬起头。桂依旧躺在同样的地方，以同样的姿势面对着他。

"一直都这样。"

姬川看了一眼床边的时钟，蓝色的液晶数字显示此刻是凌晨三点四十二分。

"从小就这样？"

"对，我一直都趴着，双手食指塞着耳朵睡觉。当然，现在已经不会塞着耳朵了。"

"为什么要塞着耳朵？"

"因为我害怕听到父母在一楼的说话声。"姬川坦白道。

父亲在家疗养，母亲日渐憔悴，自己每晚都能听见他们压低声音的争吵和母亲的啜泣。他唯独没有说出自己曾经有过一个姐姐，后来又失去了。

"所以不知从何时起，我就喜欢在双层床的上铺塞着耳朵睡觉。这样睡觉特别安心，睡得特别香。"

姬川想起了过往的夜晚——他用食指塞住耳朵隔绝外界的声音，闭上眼拼命回想高兴和有趣的事情。

"但是也有怎么都睡不着的时候。父亲快要死了，母亲渐渐没有了笑容，这些都让我非常难过。每当那种时候，我就用枕头顶着下巴，睁开眼睛微微抬起脸。"

姬川拉过旁边的枕头，垫在了身下。

"这样我就能从床栏的缝隙里看到画了。"

"画？"

"我贴在墙上的画。那是照着绘本画的矮胖子。我其实不怎么会画画，但觉得那张画画得特别好，所以很喜欢。"

所以姬川把那张画贴在了房间的墙上。每到夜晚，窗外的月光正好打在上面，让它看起来宛如美术馆展出的作品。他多少次隔着床栏暗自思索，自己或许也有姐姐和妈妈那样的绘画才能。这个想法让他很高兴，心情特别激动。不过现在回想起来，姬川之所以画得好，只是因为人物的形象很简单罢了。姬川画的矮胖子，不过是让鸡蛋穿了长裤，长着两只煎蛋一样的眼睛和两根眉毛而已。

"我那时学着姐姐画了好多画，可是怎么画都赶不上姐姐——"姬川停下来，看了桂一眼。

桂忧伤地笑了笑："你有姐姐呀？"

姬川僵硬地点了点头，然后定定地看着那张跟姐姐有几分相似的脸。

"我猜到你不是独生子了。"

"为什么？"

"因为刚才姬川哥说了双层床。"

确实，一个人不会睡双层床。

"你姐姐呢？"

"不在了。"姬川回答。

"我上小学三年级那年圣诞节,她从二楼窗户摔下来死了。后脑勺撞到院子里的石头,像睡着一样——真的像睡着一样,死了。"

后来,姬川与桂陷入了漫长的沉默。桂的身体依旧沐浴在月光中,让他感到很不可思议。应该已经过去了很长时间,月亮却像从未移动过一样,始终将银白色的光芒倾洒在桂的身上。

"姬川哥。"

桂撑起上身,坚定地看着姬川。

"我想求你一件事。"

4

"……亮?"

十几年不见的卑泽护士看见姬川站在大堂,高兴地笑了起来。他如今已经年近五十,头发开始变得花白,下巴也多了不少赘肉。尽管如此,姬川还是能看出他曾经的英俊。

"我刚才听说有个叫姬川的找我,心里就琢磨了。亮,你真的长大了好多啊。"

他后仰着上半身,仔仔细细打量了一遍姬川,感慨万千。现在的卑泽连说话都像个中年人了。再看他胸口的名牌,卑泽的职位已经是护士长。

"不过长大是理所当然的啊。毕竟我也在这儿工作二十五年了。"

"不好意思,你一定很忙吧。"

"没关系,我正打算三点开始休息呢。喝咖啡吗?还是喝吧。"

卑泽把他带到大堂一角,请他喝了自动售货机的咖啡,正如那天他带手指受伤的母亲过来时一样。

"你看起来脸色不太好啊,是不是工作太忙了?"卑泽喝了一口咖啡，打量着姬川的脸。

"嗯，最近是有点。"

"今天不上班吗？你是在公司坐班吧？"

"是的，今天请了年假。"

"偶尔还是要停下来休息休息啊，自己的身体最要紧。"卑泽感慨万千地叹了口气。

"你难得休息，怎么专门跑来看我这个老相识了？"卑泽拍了拍自己的脸蛋。

"是想看看你，但其实也有事要拜托卑泽先生。"

姬川从大衣口袋里掏出一张红色门票，中间用黑色的大字印着"Good Man"。

"我想请卑泽先生来看我们的演出。"

那是桂昨天提出来的。她想按照预定计划，星期日在Good Man演出。

"我想为了姐姐搞这场演出。"桂格外严肃地说。

"而且，这也许是最后一次演出了。"

姬川也有同感。也许，时候到了。

"知道了。"姬川安静地点点头。

今天一早，他就给谷尾和竹内打了电话，希望按照计划演出。那二人都很担心桂，但知道是桂的提议后，也都一口答应了下来。竹内向他保证会尽量多叫一些人来看，谷尾则联系Good

Man，收回之前说的取消演出的事，请求那边让他们正常演出。

来医院前，姬川去了一趟Strato Guy，给了野际一张门票。隈岛和西川正好在那里，他也分别给了门票。

"我这儿有呢。"

隈岛从钱包里拿出上次在舞之屋得到的门票，对他笑了笑。西川虽然有点意外，但似乎很感兴趣，拿着姬川给的门票翻来覆去地边看边点头。

姬川专门到医院来邀请多年未见的卑泽护士去看演出，并没有别的意思，只是想这么做而已。今年发生的事，宛如二十三年前的事件重现。也许正因如此，他才希望送他的父亲走完余生的卑泽来看看自己最后的演出。也许他希望这个送走了父亲的人，也能陪伴自己走完最后这段能够光明正大地站在众人面前的时光。

如果可以，姬川也希望父亲以前的主治医生能去看演出。

"哦？原来你在搞乐队啊！星期天应该没问题，等我拿钱包——"

卑泽正要走，姬川叫住了他。

"钱就不用了。不过卑泽先生，那时的医生你还能联系上吗？就是负责家父的那位。"

"哦，你说增田医生啊。"卑泽露出了遗憾的表情。

"他去世了。五年……不，应该是六年前。因为大肠癌。"

"是吗？"姬川轻叹一声。那位医生当时已经年纪很大了，他也知道对方如今可能已不在人世。

"他退休后一直跟夫人一起生活。听说跟亮的父亲一样，也是在自己家去世的。亮的父亲是因为肿瘤位置不好没能切除，增田医生则是年纪太大了，考虑到身体负担过重，就没有进行手术。"

卑泽喝了一口咖啡，自言自语地说道："增田医生有个儿子。因为大肠癌有遗传性，他儿子也很担心自己的身体呢，不过现在也已经六十多了。"

"不过还是会担心的吧。"

这时姬川突然想起一件事，于是问道："请问脑癌或者脑肿瘤会遗传吗？"

"不会不会。"卑泽摇着头说。

"当然在非常罕见的情况下，也会出现基于遗传的脑肿瘤，但是亮的父亲不是那种。"

说到这里，卑泽露出了回想往事的神情。

"亮的父亲也很担心这件事，问了我起码三次呢。他问我塔子将来会不会得同样的病，无论我怎么向他保证不会，他都担心得不得了。塔子因为事故去世时，我想起了这些对话，好几天都没睡着。唉……不过这肯定没法跟你们一家人受到的打击相比。"

这么说来，姬川也依稀记得。

——真的没问题吗？

他确实亲眼见过父亲一脸严肃地询问卑泽和增田医生。

——塔子将来不会得同样的病，是吗？

姬川记得自己当时在房间角落里，伤心地看着父亲，心想他为什么只担心姐姐。

"因为父亲真的很喜欢姐姐。"

那一刻的悲伤，又一次涌上姬川的心头。

"他都问了卑泽先生三次，说不定问过增田医生更多次呢。"

"有可能。一开始我也很奇怪，甚至怀疑你父亲是不是不喜欢你。不过说这种话有点对不起亮呢。"卑泽笑了笑。

"不过这也不怪我。会这样想实在太正常了，因为我那时还不知道。"

"不知道——"这句话像鱼钩一样钩住了姬川的心弦。

"不知道什么？"

"我以为亮也是你父亲的——"卑泽突然沉默下来。他抿着嘴，飞快地抬起头看向姬川。

姬川心中一震，随后心脏像指头敲打桌面一样紧张地跳动起来。在他眼中，卑泽周围所有的景色瞬间化作一片纯白。他感到身体深处一阵恶寒，吸进去的气怎么都吐不出来——他凭直觉理解了为什么卑泽没有说下去。

卑泽他……

卑泽这么多年来……

都不知道姬川并不知道。

纯白的视野中，卑泽的嘴唇犹豫地张开，他吐出了略微沙哑的声音。

"亮——"

5

母亲被姐姐的肖像包围着,一动不动地坐在充满颜料气味的房间里。她好似一尊风化的石像,沉淀在磨损起毛的榻榻米上,注视着眼前的空气。

"你为什么瞒着我?"

姬川站在母亲面前,从大衣口袋里掏出一张对折了两次的证书。母亲没有回答,甚至没有抬头。姬川把证书扔在她面前的地上,母亲的视线微微一动,瘦削的肩膀猛地颤动了一下。

这是姬川刚从市政大厅拿到的户籍誊本。

"你们都离过婚,然后跟对方结了婚。姐姐是爸爸带来的孩子,我是你带来的孩子。"

姬川又重复了那个问题:"你为什么瞒着我?"

姬川知道谴责母亲过于残酷。根据户籍誊本的内容,父亲与母亲再婚时,姬川只有六个月大,姐姐两岁。二人不可能对这么小的孩子解释离婚和再婚的事实。

随着姬川和姐姐的成长,父母或许考虑过说明情况。不过,他们一定迟迟没有找到机会。就这样,姐姐死了,父亲也死了,姬川长大后离开了母亲。她一定没有故意隐瞒,只是无法说出口而已。尽管如此,现在的姬川也没有责备的对象,没有倾倒悲伤与不甘的对象。

父亲不是他的父亲。

姐姐不是他的姐姐。

二人早已经死了,可是这一刻,姬川内心还是充满了深深的孤独感。

他并不想见亲生父亲。这么多年了,他对那个连长相都不知道的父亲没有兴趣,就算见了面一定也没有话题,只会让内心徒增空虚。然而,姬川希望自己失去的宝贵的东西是真的。他希望父亲、母亲、姐姐和自己是血脉相连的一家人。

他听见了安静的啜泣声。

母亲低着头,满是皱纹的指尖在腿上轻轻颤抖。母亲上一次在姬川面前流泪,是二十三年前。父亲去世那天,母亲俯伏在父亲的被褥上哭了很久。母亲那天的哭声早已被埋葬在记忆深处,即使他努力侧耳倾听,也回忆不起来了。眼前母亲的哭声——姬川成人以后第一次听见的母亲的哭声又尖又细、断断续续,就像走了长路筋疲力尽、羸弱瘦削的流浪狗发出的声音。

姬川久久地注视着母亲瘦削的双肩。悲伤如水滴一般掉落在内心深处,一滴又一滴,晕染了双手无法触及的地方。

"我要演出了。"

姬川拿出Good Man的门票,放在母亲腿上。

"我出来上班后也在继续玩乐队。现在还有两个成员是高中就在一起的伙伴。上次来这里，我不是带着吉他吗？"

母亲的呜咽声更大了。

"也许，这是我最后一次登台表演了。你要是有心，就来看看吧。这比我高一时第一次在校庆上演出时专业多了。"

母亲静脉凸起的手，颤抖着缓缓拿起了门票。

姬川背过身走向玄关。最后一次回头时，他看见了靠在墙边的画框。破碎的玻璃内侧，圣诞老人打扮的姐姐露出了可爱的微笑。那是母亲送给姐姐的圣诞礼物。姐姐死去那天，母亲本来要给她的圣诞礼物。母亲给没有血缘关系的女儿画的肖像。

姬川走了出去。

外面起风了，细瘦的云以惊人的速度划过天空。

* * *

"好大的风啊。"

看着窗外的流云，竹内无奈地说道。谷尾越过桌子，凑近了竹内。

"别管风大不大了。你真的干了那种事？"

这里是谷尾公司附近的一家小咖啡馆。他上班时接到竹内的电话问他有没有时间出来一下，所以谷尾出来了。

"是的，干了。"竹内坦然地看着谷尾，点点头回答。

光死去的那天晚上，竹内用变声器给姬川打了电话。

"我就是很想知道,亮是否真的杀了光——"

竹内飞快地改了口:"是否没有杀死光。所以我打了个类似威胁的电话,想看看他的反应。"

"你这也太离谱——"

谷尾发现自己无意中提高了音量,赶紧压低声音。

"你对亮说什么了?"

"我说,你根本没去厕所吧。"

"哈?"

谷尾一时没听明白,但是反刍了几次后,他总算懂了。那天姬川在排练时离开过排练棚,说是去上厕所。然而他们两个怀疑,姬川其实没有去上厕所,他有可能去了仓库,杀死光后制造跳闸,然后回到了排练棚。

"你根本没去上厕所……"

如果姬川真的做了二人怀疑的事,听见那句话自然不可能保持冷静,肯定会有所反应。

"亮怎么说?他怎么回答的?"谷尾刚刚才骂了竹内鲁莽,却忍不住追问下去。

"他马上就挂了电话。想想也很正常啊,一般人也不会马上回答'你说得没错'或者'不不不,我真的是去上厕所'。"

那倒是。

"我对亮的真正试探,是在十分钟后。我又给他打了个电话,并且显示了自己的号码,用了自己的声音,没有匿名。当时那家伙——"

"怎么样？"

"没怎么样。"竹内回答。

"很冷静。"

"那就不是他干的啊。真无聊。"谷尾哼了一声，开始掏口袋里的烟。可是竹内接下来的话却让他顿住了。

"只是那家伙——完全没跟我提起之前那个电话。"

风吹得玻璃窗阵阵颤动。

"你不觉得奇怪吗？如果那家伙什么都没干，为什么不跟我提起之前的电话？三更半夜突然接到奇怪的电话，不久之后又接到了我的电话。照理说，他应该会跟我提起刚才接到个奇怪的电话吧？"

"的确……会吧。"谷尾呆呆地答道。

那么，姬川当时果然没有去厕所吗？他真的去了仓库吗？可是，就算姬川在跟竹内通话时没有提起刚才接到的奇怪电话，也不能立即断定姬川在说谎，更不能成为他杀了光的证据。

不行，再怎么想也没用。

谷尾抬起头："嗯，总之……你还是别做这种事了。"

"我后来也是这么想的。"

竹内愤愤不平地转开头，小声说道："早知道就不打电话了。"

二人陷入了凝滞的沉默。

竹内呆呆地注视着自己放在桌上的指尖，嘀咕道："演出，还是要演的吧。"

"桂想演，那就只能演了。咱们加把劲，就当追悼光了。"

"也对。我会尽量多叫些人来看。"

谷尾看了一眼手表，他居然已经在这里待了很久。

"竹内，我该走了。"

"还有一件事。"

"什么？"谷尾重新坐了下来。

"我想让你听听这个。"

竹内从外套胸前的口袋里拿出iPod，放在桌子上。他自己往耳朵里塞了一个耳机，把另一个递给谷尾。

"要我跟你一起听？"谷尾有点在意周围的目光，但还是无奈地塞上了耳机。竹内操作iPod，按下播放键，谷尾的右耳突然爆炸般响起了大音量的"空中铁匠"的音乐。他忍不住皱了皱眉，脑袋转向左侧。

"喂，小点声，我都要聋了。再说这都哪年哪月了，还非要跟我一起听铁匠——"

等等，不对。谷尾坐直了身子。

"这是你的声音？"

唱歌的人正是竹内。

曲子是*Walk This Way*。谷尾专注地倾听着右耳的音乐。桂的架子鼓，他自己的贝斯，竹内的歌声——姬川的吉他节奏开始变乱，最后消失了。架子鼓、贝斯和人声也像收音机电池耗尽一样缓缓停了下来。

"喂，这个……"

白噪声。

——亮……你没事吧？

——……没什么。

"这是上次排练的录音吧？"

竹内无声地点点头。

——我能上个厕所吗？

——大号还是小号？

——中号？

——我先停止录音哟。

——不，用不着。我马上就回来。

竹内把左臂摆在桌子上，拉起衣袖露出手表。谷尾察觉到他的意思，也认真注视着劳力士的指针。

隔音门关闭的声音。

——啊，啊，嗯。目前亮正在上厕所。

表盘上的秒针缓缓转动。

——因为是小号，预计他很快就回来。

秒针划过十二个数字，开始转第二圈……十秒……二十秒……

——啊，回来了。

谷尾猛地抬起头。

一分四十五秒。这就是姬川离开排练棚的时间。

"你觉得能行吗？"

竹内停止iPod播放，谷尾拿出耳机放在桌上，缓慢地摇着头。

"恐怕不行。"

在短短的一分四十五秒内，姬川从离门口最近的1号棚走到工作室最深处的仓库，杀死光并制造跳闸，然后返回1号棚。无论怎么想都不可能。

"我先前觉得他离开的时间有点长，直到昨晚想起这个录音，于是掐表计算了时间。"竹内靠在椅背上皱起了眉。

"谷尾啊，亮那时候可能真的是去上厕所了吧。怀疑他去仓库干了什么，也许只是我们想多了。可如果真的是这样，那家伙为什么在跟我通话时没提起前面的电话呢？"竹内胡乱挠着头，揉乱了褐色的发丝。

"我昨天晚上听完录音，真的怎么都想不通了。"

谷尾陷入了思考。他们对那天姬川的行动抱有两个怀疑。第一个是外出寻找野际时，姬川有可能绕到建筑物另一边从卷帘门进入仓库，杀死了光。第二个是刚才说到的排练时姬川离开1号棚后的去向。听到隈岛说光的推测死亡时间为四点前后时，他们否定了第一个怀疑。现在得知姬川离开排练棚的时间不足两分钟，他们又否定了他在排练期间杀死光并对电灯做手脚的怀疑。

可是——

"只要把两个放在一起想就可以了。"

答案很简单。

"两个——什么？"

"跟MTR一样。要得到两个重叠的声音，只需分别录制就好。"

也许，事情是这样的：

姬川先在练习期间离开排练棚，在仓库杀死光，从内部打开卷帘门的锁，然后马上返回。等到排练结束后，他提出到外面寻找野际，通过事先开了锁的卷帘门再次进入仓库，从内部锁上卷帘门，把钥匙塞进光的牛仔裤口袋里，然后再对电灯做手脚。

谷尾把自己的想法告诉了竹内。

"然后，亮就一直躲在漆黑的仓库里？"竹内压低声音问道。

"就是这样。"谷尾点头回答。

其后的情况应该跟他们想的一样。谷尾和竹内从外面回来，跟桂一起走进了漆黑的仓库。当时潜伏在仓库中的姬川在三人背后开口说话，假装成刚从外面进来的样子。

"确实……这样就行得通了。他能够杀死光，也有时间对电灯做手脚。"

竹内低头看着桌面，闭上了嘴。大约二十秒后，他抬起眼皮看着谷尾说："你要告诉隈岛先生吗？"

谷尾摇了摇头。

"你要保密吗？"

"对。"

"什么都不做吗？"

"我是这么打算的。"

竹内欲言又止地看着谷尾，始终没有说话。恐怕他自己都不知道想说什么。

"这次虽然是桂提出要继续演出——"谷尾开了口。

"不过我猜，亮之所以同意，背后是有原因的。"

"原因？"

"对，比如……"谷尾躲开了竹内的目光。

"他已经有了总有一天要被警察抓住的觉悟。"

那也许是他最后一场演出。正因如此，姬川才会同意了桂的提议。再过不久，他就不能光明正大地出现在普通人面前。也许他就是有了这个预感，才决心站上舞台。

"谷尾啊，你觉得……亮做的事情会露馅儿吗？"竹内不安地看着他。

谷尾果断地点点头："别小看警察的实力。"

那一定只是时间问题。

警方的天罗地网，不久之后将把姬川罩在其中。

谷尾看向窗外，灰色的云依旧以惊人的速度流动。

演出那天，会不会发生不好的事情？

他突然有种不祥的预感。

第五章

你终于发现了吗
你必须做出选择
或是潜入地下　或是飞上天空
都说了会是这样
都说了会是这样
——Sundowner *DDD*

1

姬川头一次见识到Good Man宾客盈门的场景。

那些都是竹内这三天来努力邀请的观众。姬川、谷尾和桂都叫来了自己能想到的人，但他们都比不上竹内的人脉。观众席上还有好多高中毕业以后就没见过的老同学，他们都是竹内专门查了联系方式邀请过来的。据说竹内向他们传达了光的死讯，表示这次演出是为了追悼死者，所以他们都答应过来了。

姬川想，这个光景真的很适合最后一场表演。

他站在尚未亮灯的舞台通道上，注视着熙熙攘攘的观众席，抬手轻触牛仔裤的后袋。坚硬的，美工刀的触感。他用指尖缓缓抚摸着它的轮廓。

"还有二十分钟。"谷尾来到他旁边。

姬川飞快地收回了右手。

"有这么多客人，连你也紧张了吧。"

"有点。"

"站在这儿只会更紧张，还是回后台吧。"

姬川跟着谷尾打开舞台旁的通道门，走进宛如杂物间的后台，坐在里面的桂和竹内抬起头看了他们一眼。关上门后，观众席的嘈杂声瞬间消失了。姬川和谷尾在空着的椅子上坐了下来。

没有人开口说话。

今天他们提前碰头,在舞台上试了音,然后进入后台等待开场,整个过程大家都保持着沉默。姬川不知道这是因为演出前的紧张,还是大家都在想着光。

母亲会来吗?观众席上还没有她的身影。

姬川看向竹内:"竹内,我想问你一件事。"

"问我?好稀奇啊。"竹内莫名其妙地扬起了眉毛。

姬川不做任何解释地说了起来。

"一个小女孩晚上经常梦见兔子,梦见自己被一个像外星人的兔子使劲掐下腹部。"

他开门见山地问:"你觉得那是什么?"

"跟我玩猜谜吗?"

姬川沉默着摇了摇头。竹内困惑地皱着眉,然后好像理解了姬川为什么专门来问他,换上严肃的表情陷入了沉思。

"梦……兔子……下腹部……"

姐姐做的梦。外星人一样的兔子。她在地板上铺开画纸,用彩铅画给他看的奇怪兔子。

"亮,你认识那个女孩子吗?"

"不,你想错了。那是我以前偶尔听别人提起的。"

姬川搪塞了一句,竹内不知为何露出了放心的表情。然后,他开口道:"这种话我不能乱说,但是我想到了一种心理机制,就是'合理化'。"

"合理化——"

"那个女孩子说'做梦',但其实并不是梦。她是在现实的夜晚被人伤害了下腹部,但她不愿意承认这件事,所以试图将其认定为'我在做梦'。谷尾,你一个星期前不也有过同样的经历吗?"

"啊?哦……你说低音鼓吗?"

"没错。仓库门被低音鼓顶着,你怎么都推不开。你觉得自己用尽了全力,实际上下意识地控制了力道,因为你担心顶着门的是什么高级器材。但你并不想承认自己这么胆小,就一心认定门被重物顶住了,怎么都推不动。而后来换我一推,没几下就把门推开了。"

"上次已经听你说过了。"谷尾一脸沮丧。

竹内重新看向姬川:"我觉得应该是这个道理。也就是说,那并不是梦,而是现实。"

"那兔子呢?女孩子并没有养兔子。"

"我可以想到的是——嗯,应该是'置换'……"

竹内看着空中想了一会儿,然后举例道:"美国发生过一件吉他之神凌辱少女的案子。"

案子发生在十几年前。

一个白人少女被强暴了。接受心理治疗时,少女对精神科医生描述了行凶者的长相。她说那是一个发绿光的爆炸头黑人。根据少女的证词,警方试图在她身边寻找符合这些特征的人,却怎么都找不到。

"但是过了一段时间,行凶者以另一种形式被抓到了。原来那个人在酒馆里对朋友炫耀了自己的行为。"

行凶者是她的亲生父亲。

"那发绿光的爆炸头黑人……"

"就是吉米·亨德里克斯。"

竹内解释道:"在她遭到强暴的房间里,贴着吉米·亨德里克斯的海报。海报上的他身后被绿光照亮,摆着弹吉他的动作。少女被父亲按着头部,死死地盯着那张海报。少女心中想:爸爸不可能对我做这种事,他不可能这样对待我。于是,父亲就从她遭到强暴的记忆中消失,换成了吉米·亨德里克斯的身影。少女的记忆被置换了。"

"被置换……"

姬川脑中响起姐姐那天的声音。

——对,兔子。

——长得像外星人一样。

姐姐画的兔子。

椭圆形的轮廓上竖着两只长耳朵,额头以上涂成了褐色,像戴着帽子。大大的双眼下方,有着明显的阴影。

难怪姬川认识那个兔子。难怪他感觉自己见到过。

那根本不是兔子。

姐姐悲伤的心置换掉了事实。

"亮,你突然问这个干什——"

"快开始了哟。"

Live House的员工探头进来对他们说。

2

上舞台前，桂回头看了一眼姬川。她注视了几秒，突然走近，搂住了姬川的脖子。当着谷尾和竹内的面，桂就这样一动不动地站了一会儿。姬川也默不作声地把脸埋在桂的脖子旁。

他以后再也闻不到这类似姐姐的甜香了。

桂轻轻吻住了姬川的唇。

"客人坐满了，要加油哦。"谷尾若无其事地说。

舞台被点亮，观众席沸腾起来。桂拔出挂在腰上的鼓槌，走向架子鼓。竹内走到舞台中央，单手握住麦克风。谷尾从底座上拿起贝斯，挎上肩带。姬川手捧吉他，缓缓扫视观众席。

野际站在左手边，隈岛和西川跟他在一起。后方的高挑女性是在神奈川当精神科医生的竹内的姐姐。右边稍远处，是个皮肤有点黑的中老年男性，那是以前见过一次的谷尾的父亲。

也许，他们都是什么人的复制品。

就像接下来要演奏的曲子一样，每个人都要模仿别人活着。

模仿是获得个性的手段。现在，姬川多少能理解野际曾经说过的这句话了。

视线一转，他发现了观众席最右边的瘦削身影。看见那个人的瞬间，姬川心里涌出了强烈的情感。悲伤和欣喜交汇在一起，压迫着他的心。是母亲。她双手捧着胸前的包裹，在观众席的角落静静地看着姬川。母亲眼中泛出的不是平素里毫无感情的目光，虽然不容易察觉，但她眼中的确潜藏着某种强烈的感情。母亲解开胸前的包裹，里面是姐姐的画像，笑容可爱的圣诞老人。从母亲画了那幅画开始算起，到今天正好过了二十三年。

姬川挎上吉他肩带。天花板的照明熄灭。在一片黑暗中，桂敲响了8拍的鼓点。她像是在用纹丝不乱的节奏，镌刻着眼前的刹那。姬川用力捏紧拨片，拍打般奏响了吉他弦。谷尾的贝斯融入节奏。竹内的喊声响起的那一刻，舞台灯光重新点亮，观众席的气氛瞬间狂热起来。他们最后的演出开始了。Sundowner将在今天走向终结。在这浅尝辄止的"日落后的一杯酒"之后，究竟会升起什么样的月华？那时的光芒，是否像曾经照亮了矮胖子画作的光芒一样美丽？

不，肯定不会。

——桂其实就是月亮。

桂要走了，到很远的地方，到姬川、谷尾和竹内无法接近的地方。恐怕拖不了多久了。从一开始，姬川就明白。尽管如此，他还是做了。不要小看警察的力量。仅靠姬川一人的努力，不可能永远隐瞒桂的罪孽。

Walk this way

Walk this way

桂杀死了光。
正如二十三年前的今天，母亲杀死了姐姐。

Walk this way
Walk this way

而姬川，隐瞒了桂的犯罪痕迹。
正如二十三年前的今天，父亲所做的那样。

也许他们没有血缘关系，但是姬川感觉自己与父亲之间存在着某种坚韧的纽带。他与父亲，是真正的父子，无关血缘。他就是父亲的儿子，因为他们做了完全相同的事情。

姬川感到自己被卷入了巨大的涡流，那是记忆的旋涡。他的身体被吞噬，渐渐远离了现实。

被宣告了将不久于世的父亲，不顾医院的反对选择了在家疗养。

父亲也许早就知道母亲对姐姐做了什么，知道母亲在安静中慢慢陷入了疯狂，知道母亲深夜走进儿童房，对睡在双层床下铺的姐姐施加令人悲伤的虐待。所以父亲不能一直住在医院，所以父亲才选择了把垂死的身体安置在自己家中。可是，母亲并没有停止对姐姐的虐待。夜晚，她总是瞒着父亲，对姐姐身体被遮挡的部位——她全身最敏感的部位，不断地发起攻击。

姬川永远忘不了，他从隈岛口中听到姐姐的解剖结果时的震惊。姐姐的下腹部满是细小的伤痕。但是隈岛说，法医也没查出确切的原因。当时，隈岛应该对父母质问过那些伤痕。然而父亲在姐姐死去的第二天意识水平急剧下降，再也无法回答复杂的问题。母亲当然会否定一切。就这样，漫长的时间过去了，谁也不知道伤痕的真相。

母亲的疯狂也许源自父亲的疾病。她疲于照顾父亲，对将来无尽悲观，于是将痛苦发泄在了没有血缘关系的女儿身上。

被虐待时，姐姐努力不去看母亲的脸。她仰着头，目光死死盯着自己的上方，死死盯着墙壁。而那里正好贴着姬川画的矮胖子。下铺的姐姐忍耐着痛苦，朝上死死盯着在月光中颠倒的画。这幅画跟姬川在上方常常漫不经心地看着的那幅是同一幅画。从下向上看，画是颠倒的。矮胖子的双腿在姐姐眼中成了耳朵，长裤成了帽子，眼睛上方的眉毛成了骇人的黑眼圈。姐姐在心里记住了那个光景。对自己施暴的不是母亲，而是那张脸。是那个奇怪的兔子。这不是现实，而是梦境。姐姐的心认定了这就是事实。

那就是兔子的真实身份。

那张画就像竹内曾经说起过的鼠男。在姬川眼中，它是矮胖子。在姐姐眼中，它是奇怪的兔子。

小学一年级的姬川对自己床下的可怕行径一无所知，始终香甜地睡着。因为他不想听见父母的争吵，养成了用手指塞住耳朵睡觉的习惯。他亲手隔绝了外部的响动与气息。

姐姐画兔子时，他紧紧挨着姐姐看着她画完。而在此之前，他本是与姐姐相对而坐的状态。如果当时姬川没有挪动位置，就坐在姐姐对面看着那张画，一定会马上发现那是自己的矮胖子。

在那充斥着冰冷白色雾霭的家中，父亲在家疗养的选择徒劳无功，母亲的心愈发陷入了疯狂。然后在圣诞节那天，母亲把姐姐从儿童房的窗户推了出去。

当时姐姐应该没有马上死去。隈岛也说，如果能早点发现，或许还能救回来。母亲后来下到后院查看了姐姐的状态，一定是觉得只要放着不管，她就会慢慢死去，所以她出门买东西去了。母亲去给姐姐买圣诞礼物了，买用来放姐姐肖像的画框。留下在院子里缓缓死去的姐姐，还有在和式房注视着墙壁的父亲。

母亲之所以在三点整回来，一定是为了让那个时间上门的卑泽护士亲眼看见自己出门买东西了。她的计谋成功了。而且那天除了卑泽，姬川也在那里。

然而，母亲算漏了一件事。平时不怎么离开被窝的父亲，竟然恰好去了后院。

父亲在后院看见姐姐的尸体，其后又在前门看见了母亲、卑泽和姬川。混乱之中，父亲轮番注视着他们三人。那时，母亲脱下自己的大衣给父亲披上了——就在那一刻，父亲看见了。母亲脱下大衣后，白色的运动服袖口附着了血迹。姬川也看见了血迹，像是蹭上去的，略显模糊的血迹。但是还在上小学一年级的姬川并不明白血迹的意义。很久很久，他都没有明白过来。

那个血迹是母亲出门前在后院查看姐姐的情况时蹭上的。

看见它的瞬间，父亲知道了母亲犯下的罪行，知道是母亲将姐姐推下楼，并把姐姐扔在后院任凭她慢慢死去。于是，父亲瞬间做出了自己该做的行动。他知道死期将至的自己应该做什么。他死后，家里就只剩下姬川和母亲。姬川只能依靠母亲，只能依靠这个杀害了女儿的母亲。

父亲得出的结论，就是隐瞒母亲的罪行。

彼时，父亲只能做一件事，那就是在别人发现之前，消灭母亲衣袖上的证据。换言之，就是让母亲的袖子重新附着上血迹。他让母亲走近姐姐的遗体，将其抱在怀中。所以父亲当时没让卑泽和姬川走进后院。一旦卑泽比母亲先靠近姐姐，以他护士的身份，也许不会让母亲触碰姐姐的身体。这样一来，卑泽还有可能发现母亲袖口的血迹。她没有触碰尸体，为何沾到了血迹？卑泽肯定会产生疑惑。若他过后将这个疑点告诉警方，母亲的罪行就很容易败露。所以，父亲无论如何都要让母亲最先触碰姐姐的尸体。

于是，母亲走进了后院。她当着父亲、卑泽和姬川的面，扮演了一个突然发现女儿惨状的普通母亲。她紧紧抱住姐姐的身体，悲痛地叫喊。那一刻，母亲袖口那块杀死姐姐的证据消失了。因为在原来的血迹之上，覆盖了新的血迹。

也许母亲至今都不知道父亲的所作所为。她恐怕做梦都没想到，如果父亲当时没有采取那个行动，她的罪孽就要大白于天下。

这就是二十三年前那个事件的真相。

这就是一直埋藏在姬川心里，没有让母亲发现的真相。

姬川是在小学毕业前的一次课堂上，才突然意识到了母亲犯下的罪。那一刻，他突然明白了母亲袖口的血迹究竟意味着什么。然而直到最近，姬川都在下意识地否定那个发现。他不愿意相信母亲会对亲生的孩子下手。可是就在三天前，姬川看到了户籍誊本。那一刻，否定的枷锁被打开了。

姐姐死后，看到一直模仿姐姐的姬川，母亲究竟是什么心情？对母亲来说，那一定是残酷的折磨。而一无所知地坚持折磨她的人，正是她的亲生儿子。

母亲对姬川采取那样的态度，一定是为了赎罪。她把亲生儿子拒绝在心门之外，二十三年来不断地惩罚着自己。那就是自私的母亲的赎罪。

Walk this way

Walk this way

这次的事情，就像二十三年前的翻版。

像这个乐队的演奏一样，是蹩脚的翻版。

杀死姐姐的，是桂。

充当了父亲角色的，是姬川。

Walk this way

Walk this way

杀意与杀人之间，有着巨大的鸿沟。杀意的毒液要随着重重叠叠的偶然扩散，最后才能演变为杀人。因为怀孕，姬川确实对光产生了近乎杀意的情绪。他想杀了光。他想用仓库里的东西，夺走她的性命。可是那天姬川并没有杀人。真正杀人的，是光的妹妹——桂。

那天练习开始前，桂声称要把用于调整双踏板的螺丝刀放回办公室，起身走向了工作室内部。那就是桂杀害光的时间。四点前，姬川、谷尾和竹内先进入排练棚等待。而当桂走进来时，姬川感到不寒而栗。那一刻的震惊，他恐怕这辈子都忘不掉。桂的羽绒服上沾了血。她的袖口内侧，沾上了殷红的血迹。正如二十三年前的母亲那样。

然后，他们开始排练。姬川感觉到桂的鼓点有一丝微妙的凌乱。他难以忍受这种不安，很想消除内心的疑虑。所以，他谎称去上厕所，拼命跑过走廊，潜入了仓库。在那里，他发现自己的疑虑已成为事实。

光趴在地上，头部被巨大的增幅器压着，已经死了。那一刻，二十三年前的事情在他脑中闪回，与他想象的刚才在仓库发生的一幕重叠在一起。

母亲走上二楼儿童房——桂走向仓库。

姐姐正在窗边悬挂彩灯——光正在挪动增幅器。

那两个姐姐都不知道自己的人生即将走向尽头，专心忙着自己的事情。听见呼唤声，她们回过头去。

我来帮你吧——我来帮你吧。

双手伸出去——双手伸出去。

同时响起的两种声音。断绝生命的声音，无可挽回的声音。

母亲走下台阶——桂走下平台。

母亲查看姐姐的情况——桂查看姐姐的情况。

两个凶手都没发现自己的袖口蹭到了杀害对象的血，面无表情地注视着虚空。

桂杀死光的动机，姬川当时并不明白。他不知道姐妹俩多年不和，也无暇思考。姬川只想到了他必须隐瞒桂的所作所为。当时姬川听见的，是父亲并不存在的声音：你也要做同样的事。做同样的事。跟我做同样的事。父亲一直对姬川低语。

必须把光的死伪造成意外事故。而且在别人发现这具尸体前，在别人发现桂袖口的血迹之前，必须让桂的羽绒服袖口沾上新的血迹。那个瞬间，姬川决定行动。当时他只做了一个动作，就是从光的牛仔裤口袋里掏出钥匙，从内侧打开通往户外的卷帘门锁。做完这个动作后,姬川又一次跑回了排练棚,继续乐队排练。

两个小时的练习结束后,谷尾要去仓库叫光,姬川慌忙阻止了他。谷尾就像二十三年前的卑泽。正如卑泽是一名护士,谷尾总把自己当成业余侦探,若他先发现了尸体,一定会命令周围的人"不要靠近"。事实上,发现光的遗体时,他的确这么说了。所以姬川拦住了谷尾,他绝不能让谷尾发现尸体。因为那样一来,桂的袖口就无法沾上新的血迹。

他能做的只有两件事。第一,在谷尾发现光的尸体前,让桂先触碰到尸体;第二,为了提高光是事故致死的可能性,要让仓库变成"谁也没进去过的地方"。

姬川让谷尾和竹内跟他一起去寻找野际。在三人走出工作室时,他曾吩咐桂:

——你记得穿上外套,演出前别感冒了。

他这么说,是为了确保桂触碰光的尸体时一定穿着那件羽绒服。如果她只穿着T恤碰到光的尸体,过后有人看见她的羽绒服,必然会疑惑为什么羽绒服上沾了血。

走出工作室后,姬川立刻绕到了建筑物另一侧,抬起事先开了锁的卷帘门走进仓库,马上从内部上锁,再将钥匙塞回光的牛仔裤口袋。然后,为了把光的死伪装成事故,他先做了两个简单的工作。第一,为了强调没有人进过仓库,用低音鼓牢牢顶住仓库门。第二,为了制造增幅器倒地的理由,让平台边缘和斜坡之间产生一点空隙。这两项工作都很简单。

后来制造跳闸让仓库陷入黑暗,是为了隐藏自己的身影。因为在别人进入仓库前,姬川必须一直躲在里面。姬川把手缩进袖子里避免留下指纹,在没有灯光的昏暗环境中利用大型排插和增幅器制造了仓库跳闸事故。然后,他就屏息静气地潜伏在了黑暗中。

不久之后,桂、谷尾和竹内推开大门走进了漆黑的仓库。如他所料,竹内绊到电线,使门口插座上的插头松脱了。姬川假装自己刚从外面进来,在三人背后说了句话。然后他提议谷尾一起去找电闸,骗他离开了仓库。

谷尾在办公室复位电闸后,仓库的灯亮了。只有桂和竹内在仓库里。桂当着竹内的面跑向姐姐倒地的身体。那一刻,桂杀害姐姐的证据从她的袖口消失了。因为桂的袖口沾上了新的血迹。

再往后,就如谷尾和竹内所见。

桂看到被低音鼓堵住的仓库门和仓库里的光景时,内心一定很惊讶。她定是在那一刻已经发现了真相。她知道是谁做了这些,知道那是为谁做的。

——我知道。

桂在公寓门口搂着姬川时,说话的声音带着轻微的颤抖。

——我都知道。

——是姬川哥干的,对吧?

——是为了我吗?

Walk this way

Walk this way

　　回过神时,他发现观众席的天花板上出现了奇怪的光。白色的、模糊的光。那是什么?看向背后,姬川知道了光的来源,是桂胸前的月光石反射着舞台的照明。桂的月光石,就像姐姐挂在窗边的灯泡。跨越了二十三年,姐姐的灯泡终于亮了。

　　此刻,姬川感到自己陷入了巨大的空虚。

　　他真的做了跟父亲一样的事情吗?

　　其实,姬川已经隐隐察觉到了答案。

　　父亲知道自己命不久矣。正因如此,他才决定保护被留在身后的姬川。他包庇了"杀害女儿的母亲",把姐姐的死伪造成了意外事故。世上还有比这更令人悲伤的决断吗?

　　那他呢?他究竟是为了保护什么?桂吗?不对。姬川要保护的不是桂。姬川要保护的,是他跟桂的关系。姬川只是在保护自己而已。他离开排练棚,在仓库第一次看到光的尸体时,有一种感情胜过了哀伤和失落。在他心中昂然升起的,是自私的决断。

　　——我做了正确的事。

　　姬川拨动吉他,默默感受着牛仔裤后袋里美工刀滚烫的存在。这是占据了父亲大脑的癌细胞。二十三年前,癌细胞夺走了父亲的生命。而今天,这把美工刀的利刃,将了结姬川的人生。

　　——只要用尽全力去模仿,就能理解作者真正想表达的东西。

不如试试吧。用这把美工刀，实践父亲说过的话。

为了用尽全力靠近父亲。

* * *

Sundowner的演出很棒。隈岛不太懂音乐，但觉得这是他们最热情的演出，而且乐队成员的默契深深戳中了观众的内心。可能因为紧张，第一首叫*Walk*什么的曲子中，姬川的吉他犯了几个连隈岛也能听出来的错误。但是从第二首开始，他们的演出真的令人难忘。

"他们还不错啊。"

返场结束后，舞台灯光熄灭，西川在他旁边嘀咕了一句。他平时的锐利目光现在看着有点像星期日早上的小孩子。

"接下来……得给那几个家伙介绍新的工作室了。"

野际眯着眼，轮番打量Sundowner的几个成员。隈岛也做了同样的动作。

竹内跟一个高挑的女性并肩站在观众席一角，正与几个貌似老友的同龄男女有说有笑。谷尾则神情严肃地跟一个年长的男性交谈着。隈岛觉得那个男的有点眼熟，但一时想不起来在哪里见过。姬川，姬川在哪里？他没找到姬川的身影，也许混在了人群之中。桂还坐在舞台上，双手紧紧合握着两支鼓槌，目不转睛地看着它们。

"……西川。"

隈岛看向西川,用目光示意舞台上的桂。西川微微颔首,离开了隈岛。他分开了拥挤的人群走向舞台,目光始终锁定在桂身上。隈岛看着他的背影,心情无比沉重。

四天前参加光的告别仪式时,隈岛已经察觉了事情的真相。光的死果然不是意外。她是被杀害的。而且这个事件中,除了杀害光的凶手,还有一个帮凶,那个人把光的死伪装成了意外事故。那么,究竟是谁杀了光,又是谁为了隐瞒凶手的罪行,故意把仓库布置成了那个样子?重新整理案发当天每个人的行动时,隈岛终于发现了答案。

他本来应该采取行动取消这次演出,然而,隈岛怎么都狠不下心来。所以,他一直等到演出快开始了才把自己发现的真相告诉西川。西川听了他的话,当即主张马上逮捕那两个人,但隈岛好不容易说服了他,让他们完成今天的演出。因为那两个人就在眼前,无须担心他们逃走。西川不情不愿地答应了,并且一言不发地一直等到返场结束。

临近退休的年龄,他还是控制不住在工作中融入个人感情,这让隈岛自己也很无奈。在儿子面前,他恐怕不好意思说起这件事。

"啊,不好意思。嗯,怎么了?"

隈岛感到有个人从背后撞上了自己,扭头一看竟是刚才还在跟观众聊天的竹内。他双手抓着整整六瓶开了盖的百威啤酒。

"隈岛先生，谢谢你来看我们的演出。你觉得怎么样？"

"很好，真的很好。"

听了隈岛的感想，竹内满是汗水的脸上绽放出了笑容。

"对了，你看见亮了吗？他怎么不在这里？"

"亮？他在后台呢，说是想一个人静静，我也不知道怎么回事。他还要我们暂时别进去。"

周围的喧闹声顿时消失了。

"那家伙有时候会突然变得很消沉。好不容易搞完演出，就该跟大家——哎，隈岛先生？"

隈岛飞快地绕开竹内，急匆匆地穿过人群赶往后台。

终章

不对　不对　不对　不对　不对
我才不想回去
你就让我走吧
可恶　这些水
可恶　这些水
——Sundowner *Across the River*[*]

* 意思是"过河"。

1

最开始，眼前是一片雪白的天花板。

接着，一个陌生女性的面孔跃入眼帘。

"先别急着起来哟。"

说完，她走到床边，看了一眼高高地挂在支架上的人造树脂袋子，然后在手头的资料上写了几个字。

"手臂也不能乱动哟，正在给你输液呢。"

这里是病房。

姬川看着输液袋，眨了好几下眼睛。模糊的意识渐渐清晰了。

那一刻，姬川意识到自己失败了。

他用美工刀割开的左手腕，恐怕已经被仔细缝合起来了。一度流失的大量血液，必然也被输血补充回来了。

无论做什么事，都是这样。怎么都做不好。正如他小时候画什么都画不好一样。

"你这次干了件蠢事。"脚边传来一个声音。发出声音的人绕过病床，来到姬川的肩膀旁边，是隈岛。

窗帘的缝隙外面一片黑暗，现在应该是晚上了。

"我能跟他谈话吗?"隈岛问了一声,护士轻轻点头。

"我准备去喊医生,你们聊两句没问题。"说完,她离开了病房。

"等身体恢复了,你得——"隈岛慢吞吞地打开旁边的折叠椅,坐了下去。

"你得到署里配合调查。"

姬川躺着向他点了点头。

"你……都知道了吗?"

"我自认为是的。包括杀人的时间和方法,还有你做的事情。"

"杀害光的过程,是本人告诉你的?"

隈岛拽着耳垂,点了点头。

"刚才在署里听过了。一点都没隐瞒,全部坦白了。说是要向你道歉,真的很对不起。还有——"

隈岛难过地叹了口气,低下头说:"还有,要谢谢你。"

姬川内心一阵刺痛。

"那人还一直哭着说对不起乐队的成员,对不起竹内和谷尾,最重要的是——"

隈岛再次叹了口气,继续道:"对不起受害者的妹妹,桂小姐。"

姬川一时没有理解隈岛的话。

"因为他杀了桂小姐唯一的姐姐,害她变成孤身一人。"

姬川感到脑子里一片空白。

他注视着隈岛严肃的面孔，呆呆地张着嘴，一句话都说不出来。

隈岛担心地凑了过去。

"亮……是不是还有点迷糊？刚才医生给你打了止痛药，可能是药的影响。"

"不……那个……我没事。"他脑子一片混乱，用尽了全力才挤出这句话。

隈岛刚才说什么？

谁对不起桂？

谁让桂变成了孤身一人？

"虽然现在还不能下定论，不过你这次做的事情，还是有很大酌情余地的。至少我相信是这样。"

隈岛用力收紧了下颚，然后问姬川："你这么做，都是为了多年来对你们照顾有加的野际先生，对吧？你的行为，都是为了帮野际先生，不是吗？"

"……野际先生？"姬川哑口无言地看着隈岛。

隈岛见他这样，突然皱起了眉，表情复杂地看了他一会儿。

"亮，莫非你——"他低声问道。

"误会了什么？"

姬川花了很长时间慢慢整理脑中的思绪，最后才回答：

"……好像是的。"

2

姬川对隈岛坦白了一切。隈岛饶有兴致地听他说完，然后道出了事件的真相。

光怀的是野际的孩子。

"他们只发生过一次关系，就是三个月前，光小姐见到父亲的那天晚上。"

父亲庸碌的现状令光倍感空虚，从而陷入了自暴自弃。野际也深陷工作室经营困难的泥潭。那一夜，二人冲动之下犯了错。

"光小姐也许是因为心里受了伤，不由自主地想在野际先生身上寻找父亲的身影。她想得到与父亲相似之人的抚慰，想找回内心破碎的父亲形象。我猜，这就是光小姐当时的心境。"

警方怀疑野际的起因，是胎儿的DNA鉴定结果。

"西川不是从你们的衣领上采集了毛发吗？你还记得吧，用胶带粘的。你们离开工作室后，为了保险起见他也采集了野际先生的毛发。我们把那些毛发都拿去跟胎儿的DNA做了对比。看到鉴定结果时，我们也吃了一惊，然后马上到工作室质问了野际先生。可是他当时没有承认自己跟光小姐的死有关系。"

那是三天前，姬川到Strato Guy送票那天发生的事。难怪当时隈岛和西川都跟野际在一起。

"因为你误会了事实，把仓库布置成那个样子……野际先生也以为自己能瞒天过海了。毕竟他一直巧妙地扮演了一无所知的工作室经营者，可能也对自己的演技挺有自信吧。他说谷尾曾经提到过事故的现场情况有点不自然，他也没有特别着急地否定。听完这些，连我都觉得野际先生是个优秀的演员了。"

谷尾对仓库的状态表示疑惑时，野际确实没有明确反驳。

"今天听野际先生说，他并不确定究竟是谁布置了仓库，只觉得是Sundowner的某个成员发现了他的罪行，试图帮他隐瞒。"

隈岛顿了顿，然后继续说道："不过，他也说对了一半。"

姬川躺在床上，仔细琢磨着隈岛平淡的说明。然后，他提出了最该问的问题。

"为什么野际先生要把光——"

那一刻，隈岛露出了他所见过的最悲伤的表情。

"也许是代沟，也许是男女之别……野际先生的感情剑走偏锋了。那天他突然要求光小姐跟他一起死。"

"一起死？"

"没错。亮听了也觉得惊讶吗……那也许就不是男女之别了。"

隈岛连连点头，然后继续道："野际先生说出动机时，我还是多少能理解的。他经济上陷入了绝境，多年构筑的只属于自己的城堡面临崩塌。在那种时候，他与光小姐发生了关系。那一夜对光小姐来说意味着什么，我们已经无从得知了。那可能是单纯的自暴自弃，也可能是想在野际先生身上找到父亲的影子，为自己濒临破碎的心找到一个支撑。但有一点可以确定——直接用野际先生的话讲，就是那一夜之后，光小姐成了野际先生'新的归宿'，成了他的立足之地、能够做梦的地方，也是能够死去的地方。而他，理所当然地认定光小姐也是这样想的。"

隈岛徒然地垂下了目光。

"真自私啊。不过，我能理解他的心情，说不定也挺自私的。亮啊，我们这一代虽不是每个人都这样，但大部分都觉得只要得到了女性的身体，就等于得到了她们的心。与你们这一代相比，我们的这种想当然可能强烈得多。"

姬川确实无法理解那种想当然。发生关系与得到对方的心，中间还隔着一条巨大的鸿沟。

"所以野际先生才要光跟他一起死吗？因为他经济上陷入绝境，再也活不下去了，就要光跟他一起死？"

说这些话时，姬川依旧觉得那是无稽之谈。

然而，隈岛严肃地点了点头。

"我没想到她会大笑着拒绝。听到回答的瞬间，我脑子里什么想法都没有了——这就是野际先生描述的当时的情景。"

这件事发生在当天下午临近四点的时候，也就是姬川等人马上要开始排练的时间。确切地说，是姬川在仓库与光交谈过后，回到等待区的时间。

"野际先生开始帮光小姐整理仓库，就在那时他提出要跟光小姐一起死。但是光小姐的反应跟他擅自想象的截然相反。于是，他本就脆弱到极点的心瞬间坠入了深渊的最底层。下一刻，他爆发了。就这样，他杀死了光小姐。"

"怎么杀的？"

"他说自己只是一时发狠把旁边的大增幅器朝着正在平台下面作业的光小姐推了下去，顺势连他自己也倒了下去。当时他没有任何想法，就是冲动行事。而他碰巧因为整理仓库戴着劳保手套，才没有留下指纹，并非为了隐瞒自己的犯罪事实。杀死光小姐后，他独自离开了工作室，打算找个地方自杀。因为没有工具，在仓库自杀实在有些困难，所以他才走了出去。"

"原来是这样……"

——你们看，野际先生到现在还没回来。会不会因为这里要关张，他一时想不开啊？

野际离开后，姬川为了把谷尾和竹内支走，随口编造了个理由。没想到他竟然说中了。

"野际先生离开工作室，同时也是为了让你们按照预定计划完成最后的排练。哦，对了，他走的时候还跟你们说过话吧？"

"是的，我记得。"

——练习要是结束了，就去仓库那边找小光吧。

那天，野际说完这句话就出去了。他这么说，一定是希望姬川他们在排练结束后找到光的尸体吧。

"可是，野际先生为什么又回来了？他不是打算自杀吗？"

"唉，人就是一种自私的生物。他说他迟迟下不了决心，在外面到处走了走，一会儿爬上高层公寓，一会儿站在卡车很多的路边，做了不少尝试。可他总是在最后一刻迈不出步子。其实他口袋里都装好遗书了。"

"有遗书吗？"

"那封遗书用简单的文字讲了自己杀害光小姐的事实。因为他还没扔，也给我看过了。上面并没有写他们二人的关系。"

隈岛回到了原来的话题。

"野际先生就这么走了好久，一直没有自杀成功。最后回过神来，他又回到了自己的工作室旁边。那时，工作室门口已经停了警车，就是接到你们报警后最先赶过来的制服警官的车子。野际先生很关心里面的情况，就悄悄地靠近了警车。当时正好有个制服警官在驾驶席上对着无线电对讲机大声说话。他仔细一听，发现警官连说了好几次'事故'，心里就觉得很奇怪。"

那时，野际突然很担心自己口袋里的遗书。如果出于某种原因，警方认为光的死是自杀，那么自己是否不该留下这封坦白罪行的遗书死去？光的死是"事故"还是"凶杀"，世间对这两种性质的不同反应，肯定会影响到光的妹妹和她们的父母。

"他还想知道更详细的情况，就小心翼翼地往工作室里面窥视。就在那时，你们发现了他，竹内和谷尾还纷纷向他说起了情况。野际先生当时特别惊讶，因为不知为何，他听那两人描述的仓库的状态跟自己杀害光时的仓库状态完全不一样。不仅仓库门从内部堵住了，连照明也熄灭了。"

姬川忍不住垂下了目光。

"他一时混乱极了。究竟是谁做了这种事？为何要这么做？针对这两个疑问，他心中慢慢浮现出了含糊的答案。他猜测，一定是你们中间的某个人帮他隐瞒了罪行。"

当时，野际"一时糊涂"了。他最先做的决定，就是暂且隐瞒自己的罪行。然后，他既无法下决心自杀，也不知下一步该如何行动，就这么被动地演着戏，任凭日子一天天过去了。

"也就是说，如果我什么都不做，案子很快就能解决……"

姬川后知后觉地意识到自己的行为非常虚无，不禁深深叹了口气。

但是隈岛对他说："不，你救了野际先生的命。因为你的那个……误解，他放弃了自杀。"

"你就别为我辩解了。"

此时此刻，他无法诚恳地接受隈岛的说法。

"隈岛先生……你跟桂说了什么吗，关于这次的事情？"

"嗯，说了。"

隈岛沉默了片刻，然后说出了姬川早有预料的话。

"她以为是你杀了光小姐。"

果然如此。

——我知道。

——我都知道。

——是姬川哥干的，对吧？

——是为了我吗？

姬川在枕头上转过头，注视着天花板。

一切都那么空虚，他连哭的力气都没有。

可是，那天桂的羽绒服袖口为什么沾着血迹呢？

他想了想，最后还是放弃了思考。

3

翌日，姬川领了几种口服药后离开了医院。他去的地方当然不是自己的住处。姬川被羁押在拘留所，接受了隈岛和西川整整两天的详细审讯。因为他已经在病房对隈岛坦白了一切，审讯过程没有什么曲折，二人的态度也不怎么严厉。然而他还是难以避免被起诉，两名刑警也提醒他最好对三个月后的审判结果做好心理准备。当然，他甘愿接受法律的制裁。

在等待开庭期间，姬川被批准以保释的形式回到家中。

隈岛和西川在拘留所门外等着他。

"你还准备继续搞音乐吗？"西川突然问道。

不等姬川回答，他又一本正经地说："我最喜欢你们那天返场的曲子。是叫 *See Them, and You'll Find*（看清它们，你就会找到），对吧？那好像是原创的歌曲是吧？我觉得你们很有才能，真的这么想。"

姬川无声地鞠了一躬，正要转身离开，西川又叫住了他。

"以后还会搞演出吧？"

姬川半转过头，如实回答道："我也不知道。"

西川眼中流露出些许遗憾。接着，他似乎想起了什么，走向停在旁边的车,又拿着一个小纸包走了回来。纸包上印着"西川咖啡豆"的商标。他想起来,隈岛之前说过西川家是经营咖啡豆的。

"给你的贿赂。"西川坏笑着说。

旁边的隈岛瞥了他们一眼,又嘀嘀咕咕地转开了目光。姬川含糊地点点头,接过了纸包。

离开拘留所后,姬川拿出刚领回来的手机打开了电源。他用力闭起双眼,然后缓缓睁开,调出了桂的手机号码。

"……你好。"

几声电话铃之后,他听见了桂疲惫的声音。

姬川并不知道该说什么才好。正因为不知道,所以他问了两个问题。第一,那天桂的袖口为什么有血迹——虽然现在已经不重要了。

桂这样回答:"我不小心用螺丝刀戳伤了手掌。"

那天桂在Strato Guy的等待区调整双踏板时,不小心在手心划了一道很深的伤口,所以她的羽绒服也沾了血迹。姬川想起来,光的告别仪式结束那天,桂躺在床上,手心托着月光石,月光石反射的月光照亮了她手上的创可贴。那就是当时受伤贴上的啊。

"但是我不想让姬川哥发现我受伤了。不想让你担心。"

桂还说,她很害怕二人的关系继续发展下去。

所以桂执意隐瞒了伤痕和血迹。跟姬川说话时,她一直抱着胳膊。姬川把月光石项链还给她时,她冷冷地让他放在了桌上。

姬川记得那天排练时，桂的鼓点有些凌乱。他以为那是因为桂刚刚杀死了姐姐，内心还处在恐惧之中。但事实并没有那么复杂，只是伤口痛而已。

"再回答我一个问题吧。"

姬川问她是否想见自己，桂说不知道。然后她小声地对姬川道了歉。

姬川只说没关系，然后安静地合上了手机。

20

"所以趁他还没毕业,就得让他消失。那都是为了咱们公司好。"

19

"不过专务,这事蹊跷。您不觉得刚才社长的样子有点怪吗?"

18

"我倒觉得没什么,那个人从前就有点怪,跟常人不一样。"

17

"那倒是。总是看不出他在想些什么。嗯,您怎么了?"

16

"哦不,没什么。不过……咦?喂,你看。"

15

"专务,您怎么了?我看您脸色不太好啊。"

14

"嘘,安静点……奇怪,有点不对劲啊。"

13

"奇怪?这么说来,确实不太寻常。"

12

"你不觉得太晃了吗?而且……"

11

"我怎么觉得有好大的风声啊。"

10

"喂,太快了!下降太快了!"

9

"这是电梯在下坠,专务!"

8

"是那家伙,那臭老头!"

7

"专务,快拉制动!"

6

"不行,不管用!"

5

"我不想死啊!"

4

"我也是啊!"

3

"我也是!"

2

"哎……"

1

"啊……"

2

"怎么了?"

3

"恢复了呢!"

4

"这样不就像……"

5

"像人生一样呢!"

6

"时而坠落,时而升起。"

7

"真的不应该轻易放弃呢!"

8

"无论多难,明天总会来临。"

9

"不愧是专务啊,太有道理了。"

10

"人生路漫漫,你也要好好努力呀。"
……

尾声

闭上眼　你说是黑暗
需要的东西　明明就在那里
你只要做一件事
现在马上
睁开眼睛
——Sundowner *See Them, and You'll Find*

"嗯？"

姬川摘掉左右耳的iPod耳机，抬起头问。

"嗯……什么？"

从桌子另一头探出身子，一直等待姬川发表感想的竹内脸上没有了刚才的兴奋和期待。

"你给我听这个做什么？"

姬川拿着iPod在桌子上一滑，还给了竹内。

"都说了是想让你打起精神来呀。昨晚谷尾打电话说你今天也要过来，我专门重做了一遍呢。"

"这东西能让我打起精神来？"

"没有吗？"

"没有。"

"哦。"

竹内遗憾地垂着头，拿起了咖啡杯。谷尾一手夹着柔和七星烟，坐在旁边苦笑。

这里是毗邻大宫车站的深夜咖啡馆一隅。昏暗的窗外有许多情侣和小家庭来来往往，一些年轻女性还穿着节日的盛装。

再有三十分钟左右,今年就结束了。

"要我说啊,亮还是缺乏这方面的细胞。人家认认真真做的东西,他根本不懂欣赏。"

"谁说不懂,这不就是挖苦嘛。"

竹内慌忙抬起头:"不是挖苦。亮,我真不是那个意思。"

"跟你开玩笑呢。"

片刻的沉默过后,三个人都笑了。

昨晚谷尾联系到他,说想在一年结束前跟大家聚聚。谷尾还说,虽然没什么意义,但就是想看看大家的脸。谷尾和竹内似乎都从隈岛口中听说了姬川在那个案子里的所作所为。毕竟来往了这么多年,姬川一眼就能看出来。不过,谁也没有主动开口提起那件事。竹内突然要他听了奇怪的作品,谷尾的态度也比平时更冷硬,仿佛想强调他们的关系完全没有改变。谷尾的心意过于笨拙,而竹内的心意则过于细腻了。

"……嗯?"

姬川抬起头,突然察觉到异样。刚才在iPod上听到的竹内的作品,不同音色的台词,能够改变音色的机器。变声器,竹内引以为傲的器材。

那一夜的电话。

"原来如此。"

姬川看了一眼竹内。原来是这么回事。

那天深夜打来的诡异的告发电话,想必来自竹内。他一定是用了变声器。

"哎哟,你总算明白过来啦。"

竹内高兴地笑了。他并没有发现自己的恶作剧败露了,而是误以为姬川总算理解了他苦心修改的作品的寓意。

"托您的福。"

解释起来太麻烦,所以姬川只回答了这几个字。

如此一来,内心所有的疑虑都解开了。尽管如此,姬川的心情还是开朗不起来。

几天前,姬川离开拘留所后,去了母亲的住处。

是母亲为他支付了保释金。姬川的保释金是根据他的年收入计算出来的,金额并不算多,并且在三个月后开庭时可以返还。尽管如此,母亲要凑出这笔钱恐怕还是很困难。所以,他打算向母亲当面道谢。然而无论按了多久的门铃,里面都无人应答。最后姬川只得放弃,离开了公寓。原路返回时,他回头一看,发现母亲房间的窗帘轻轻摇晃着。就在前一刻,有个人在窗帘的另一端躲开了姬川的目光。

看来,母亲今后也不打算与姬川相认。

难以抑制的痛苦涌上姬川的心头。他觉得自己的行动就像在徒劳地编织着永远都不可能相连的丝线,只得默默地离开了。

"不好意思,我来晚了。"

他回过头,看见裹着围巾、穿着厚重粗呢大衣的桂气喘吁吁地站在那里。她应该是一口气推开门跑进来的，木制弹簧门还在她身后不停地摇摆。

"没有，你来得刚刚好。"谷尾看着表说。

"先坐下，喝点热的吧。"竹内朝姬川旁边努了努嘴。

桂摘掉围巾坐了下来。她看见姬川，微微一笑。

"谷尾哥和竹内哥都给你打气了吧？"

"嗯。"

"但你还是没什么精神呢。"

"那倒不会。"

"你最好别再想多余的事情啦。"

桂从桌子底下伸出一只手，贴着创可贴的掌心里放着那个月光石的项链。

"这个，我再借你用一段时间吧。"

她用只有姬川能听见的音量说。

姬川伸手接过了项链。因为桂一直把它握在手心里，那块石头格外温暖。

"大家都是去参加新年参拜的吧！"

听了谷尾的话，姬川看向窗外。一张张笑脸在寒风中吐着白色的气息，渐渐远去了。在一年将要结束的时刻，每个人的脚步都有点兴奋。尽管隔着一层玻璃，眼前的风景还是让他仿佛听见了外面的嘈杂声。

日子一天天过去，人们心怀祈愿，又开始新的一年。随着时间的流逝，所见所闻都渐渐褪去了颜色。有一天突然停下脚步，回头远眺来路时，身后剩下的往往是宛如垫脚石一般断断续续的过错。

再也无法挽回的过错。

"出去走走吧？"桂说。

姬川、谷尾和竹内都默默点头，站了起来。

"亮啊，其实……"

走在人潮汹涌的大年夜街头，谷尾欲言又止。

"算了，没什么。"

"什么啊？"

"没什么。"

"说啊。"

"都说了没什么。"

"快说啊。"

结果，谷尾还是什么都没说，不过姬川知道他想说什么。谷尾，还有竹内，都曾怀疑过是姬川杀了光。刚才，谷尾肯定是想对他本人承认这件事。

"……啊。"桂在路边停下脚步，抬起了头。

"开始了呢。"

远处传来了新年的钟声。他们都停下来眺望夜空，倾听着钟鸣。碧空如洗，明月高悬。

"我得赶紧写贺年卡了呀。"谷尾喃喃道。

"你竟然还没写吗?"竹内看着天说。

"你写了?"

"今天傍晚写的。"

"你们两个不是五十步笑百步吗?"

"小桂,你快看啊。"

竹内卷起袖口,只见他的掌根一片黑色。

"谁叫你心血来潮用毛笔耍酷,活该变成这样。"桂看着竹内发黑的皮肤调侃道。

竹内气愤地反驳,谷尾笑着插话。

但是,姬川几乎没有在听。

因为他脑中突然闪过一个想法。

"姬川哥?"桂看着他,谷尾和竹内也转过头来。

姬川转向他们:"我去……打个电话可以吗?"

他自己的声音也显得无比遥远。

谷尾露出了苦笑。

"想打就打呗,问我们干什么啊。"

姬川离开那三个人,拿出了手机,若有所思地缓缓输入号码。

"是姬川吗?"耳边传来母亲细小的声音。

"我想问你一件事。"

他招呼也不打就提出了要求。接着,他听见了母亲带着困惑的呼吸声。尽管如此,姬川还是说了下去。

"二十三年前，你给姐姐画了一张画当生日礼物，对吧？扮成圣诞老人的姐姐的肖像。"

电话另一端的呼吸声被打乱了。不等她回答，姬川问道："你画那张画——"

刚才那一瞬间，姬川突然明白了。

他发现自己犯了大错。

二十三年前的过错，以及二十三年来的过错。

"是想跟姐姐和好，对吧？"

没错。母亲想重新开始。从那天起，她想改变自己跟一直被虐待的女儿的关系。她想用亲手绘制的圣诞礼物重新开始。

"妈——"

漫长的沉默。

最后，母亲说话了。

"我想求她原谅……"

她的声音断断续续，宛如啜泣。

"对她做了……对她做了好多过分的事情……我对她……"

"我知道。"姬川打断了母亲的自白。

"我都知道。刚才，我总算明白了。妈，你从那天起一直在这样想——姐姐是因为你的所作所为而自杀的。"

突然，母亲的呜咽震动了姬川的耳膜。

他不由自主地闭上眼，握住手机的手轻轻颤抖。就是这样，母亲并没有杀死姐姐。非但如此，母亲还一心以为姐姐是因为她

265

的虐待而自杀了。整整二十三年。

母亲不跟姬川亲近，并不是出于杀害了姐姐的内疚，而是出于将姐姐逼上自杀绝路的内疚。

但是母亲错了。姐姐不可能自杀。因为姐姐并没有认知到自己遭受虐待的事实。内心的哀伤使姐姐拒绝了现实，把被虐待的经历当成了奇怪的梦境。

没错，姐姐她——

姐姐的死其实是事故。

"妈，再告诉我一件事。请你仔细想想，那天你给姐姐——"

"你给姐姐画画时，袖口是不是沾上了红色颜料？"

母亲的白色运动服袖口沾到的液体。姬川和父亲看到的那片污渍。血液的红。圣诞老人的红。

"袖口……颜料……"

母亲呜咽着，拼命唤起记忆。

很快，她给了姬川一个答案。听到答案的瞬间，姬川心中涌起一股复杂的感情，并形成了巨大的旋涡。他紧闭双眼，咬着牙关，拼命忍住眼泪。母亲的回答，跟他想的一样。

那不是血迹。父亲弄错了，他误会了母亲。

这次的事件，姬川以为是桂杀死了光，桂以为姬川是真凶，野际以为有人为他隐瞒了罪行。二十三年前——

母亲以为自己害姐姐自杀了。

父亲把姐姐的事故误会成了母亲的犯罪。

"妈……"

所有人，看到的都是鼠男。

"妈，你别哭了……"泪水决堤，姬川努力注视着夜空。

"我……妈……"

他该如何解释？他该如何诉说？过错在哪里？谁能裁决？人究竟要如何祈愿，付出什么代价，才能毫无过错地活着？在行差踏错的前一刻，究竟要如何祈祷，才能悬崖勒马？如果对与错有着相同的面孔，谁又能将其分辨出来？

无法挽回了吗？人真的什么都挽回不了吗？

电话的另一端，母亲的声音呼唤着他的名字。

读客
悬疑文库
认准读客读悬疑，本本都是大师级。

专注出版中、英、美、日、意、法等世界各国各流派的顶尖悬疑作品。

为读者精挑细选，只出版两种作品：
经过时间洗礼，经典中的经典；口碑爆表、有望成为经典的当代名作。

跟着读客悬疑文库，在大师级的悬疑作品中，
经历惊险反转的脑力激荡，一窥人性的善恶吧。

扫一扫，立即查看悬疑文库全书目，
收集下一本精彩悬疑！